17.95

Hors-piste

ARISTOPHANE
Chant de tombe

Pierre-Marie Beaude

ARCHÉOPOLIS
1. Le pilleur de tombes

Illustrations
de Thomas Ehretsmann

GALLIMARD JEUNESSE

© Gallimard Jeunesse, 2006

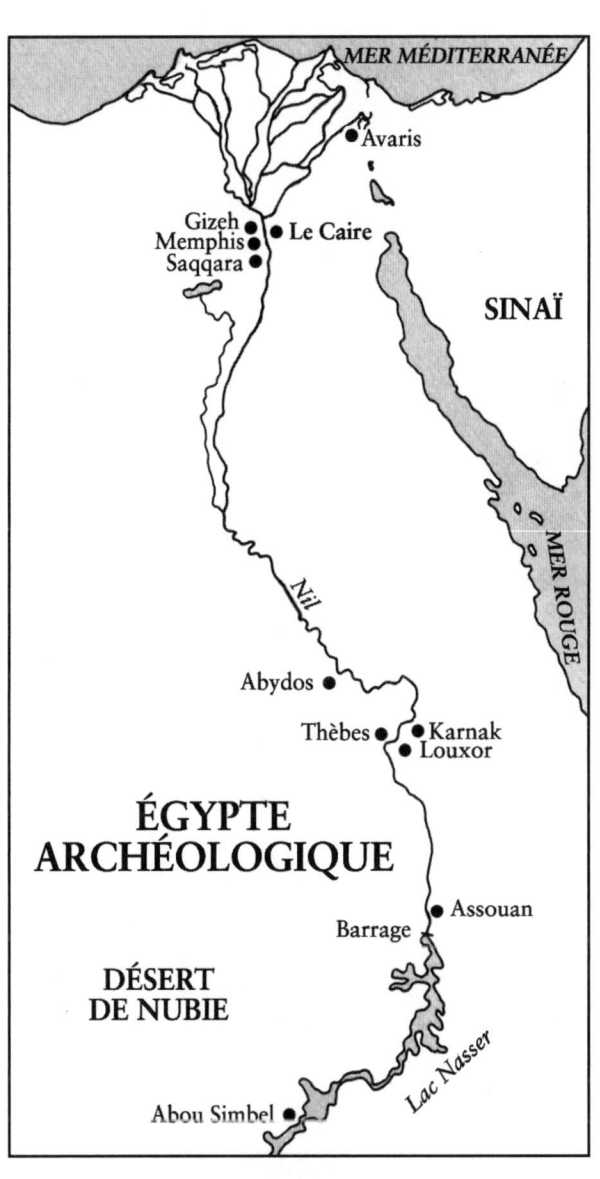

1/ Une lettre d'Égypte

Alisson vivait avec ses parents dans une jolie maison, située rue du Chat-qui-Pêche, à Orléans. Son père, Robert Perreux, était assureur, sa maman, Brigitte, infirmière.

Fille unique, Alisson menait une vie tranquille à l'abri des adultes. Elle passait des heures entières dans sa chambre à écouter de la musique ou à jouer avec son ordinateur. Aux vacances d'été, elle allait dans la Creuse, à Châtelus-Malvaleix, où ses grands-parents habitaient. Son grand-père l'emmenait faire des promenades à bicyclette, sa grand-mère la gavait de tartes aux fraises. Mais à part cela, rien de bien excitant. Alors, elle lisait un tas de romans d'aventures ; elle voyageait ainsi en rêve.

 Au collège, elle passait pour une bonne élève, sage, un peu timide. On la bousculait sans qu'elle se révolte ; les bavards lui volaient son tour de parole. Elle avait peu d'amis. Lucas qui habitait dans son quartier rentrait parfois du collège avec elle. Il l'ennuyait, elle le trouvait bêtasse et le faisait marcher en lui racontant des histoires qu'il croyait dur comme fer. Les autres filles la jalousaient à cause de ses notes. Sa meilleure ennemie était Melissa, fille d'un industriel, spécialiste du cornichon en bocal.

Les cousins d'Alisson habitaient dans le sud de la France, elle les voyait très peu. Sa marraine, qui vivait à Strasbourg, passait à Orléans de temps en temps, lui envoyait une carte pour son anniversaire et un cadeau à Noël. Son parrain, le frère de sa mère, s'appelait Jean-Timothée Vialassoux. Il était égyptologue et vivait au Caire, quand il n'était pas, bien sûr, sur ses chantiers de fouilles. Alisson ne l'avait jamais vu ; il ne lui avait jamais envoyé le moindre courrier ni le moindre cadeau. Une lettre arrivait tous les trois ou quatre ans, adressée à sa sœur, madame Brigitte Vialassoux-Perreux. Il donnait quelques nouvelles, promettait de venir en vacances, mais ne venait pas. Alisson ne parlait jamais de ce parrain fantôme au collège. Sans cadeau à montrer, personne ne l'aurait crue.

Robert, le père d'Alisson, ne l'aimait pas et l'appelait « Jean de la lune ». Il est vrai que Jean-Timothée Vialassoux, le célèbre égyptologue, n'avait rien fait pour gagner l'amitié de son beau-frère.  Il n'était pas venu au mariage de Robert et Brigitte, alors qu'il avait promis d'être témoin. Un télégramme, arrivé deux jours avant la cérémonie, annonçait qu'il partait d'urgence en Haute-Égypte, à la recherche de traces possibles de Ramsès II. Il présentait de plates excuses et annonçait l'envoi d'un cadeau. Brigitte pardonna l'absence de son frère, mais pas Robert. Chaque matin, sur le coup de onze heures, elle épiait le facteur. Le cadeau n'arriva jamais. Robert n'avait guère apprécié. « Quels mufles, ces savants ! Tous des rêveurs. Tu embauches ce genre de lascars dans les assurances, et deux mois après, tu mets la clé sous la porte ! »

Au milieu de sa grossesse, Brigitte proposa que Jean-Tim devienne le parrain de son enfant. Ce fut très difficile de convaincre Robert, qui finalement céda pour ne pas contrarier sa femme. Elle envoya une lettre à son frère qui répondit aussitôt. Oui, il voulait bien venir au baptême, et se disait ravi d'être le parrain ; il pensait apporter en cadeau un joli scarabée ou une croix de Ankh, il allait y réfléchir.

Brigitte passa le reste de sa grossesse à rêver à la visite de son frère, à la croix de Ankh ou au scarabée promis. Mais deux jours avant le baptême, un télégramme arriva : Jean-Timothée partait à la frontière de la Libye, à la recherche des traces de Ramsès III. Robert Perreux se fit aigre :

 – Pour notre mariage, c'était Ramsès II. Pour le baptême d'Alisson, c'est Ramsès III. Combien sont-ils exactement chez les Ramsès ?

Brigitte se disputa avec Robert et eut une crise de nerfs ; il fallut appeler le médecin. On n'était pas près d'oublier le frère égyptologue ! En fait, c'est lui qui contribua beaucoup à se faire oublier, vu qu'il ne donna plus guère de nouvelles. On voyait régulièrement son nom dans le journal. « Découverte dans le delta du Nil par des archéologues français » ; « Des égyptologues français sur les traces de Moïse. Notre correspondant au Caire a rencontré le célèbre égyptologue, le professeur Vialassoux ». Brigitte découpait les articles et les classait dans un album. On apprit même que Jean-Tim était venu faire des conférences à Paris. Paris, à une heure de train d'Orléans, mais savait-il encore que sa sœur et sa filleule y habitaient ?

C'est pourquoi en rentrant un midi du collège, Alisson ne pouvait pas soupçonner ce qui l'attendait. Ses parents, toujours pressés de manger, venaient de se mettre à table et Alisson allait les rejoindre quand Robert déposa une lettre dans l'assiette de Brigitte.

– Pour toi, dit-il. Arrivée au bureau.

Brigitte examina la lettre ; un grand sourire éclaira aussitôt son visage.

– C'est Jean-Tim, dit-elle.
Robert crut bon d'ajouter son petit commentaire.
– Depuis toutes ces années qu'il fait silence, celui-là, je le croyais... momifié.

Il souligna d'un petit rire son trait d'esprit et se servit un peu de pâté. Brigitte ouvrit la lettre en haussant les épaules tandis qu'Alisson s'emparait de l'enveloppe, examinait le beau timbre, le cachet de la poste du Caire.

Pendant que Brigitte lisait, Robert avala une gorgée de vin, s'essuya la bouche, reprit un peu de pâté qu'il accompagna d'un cornichon, et Alisson, qui n'aimait pas les cornichons, soupira d'ennui. « Quelle malchance, songea-t-elle, d'avoir un parrain qui ne s'occupe jamais de moi. Jamais un petit cadeau, je ne sais pas moi, une statuette de Néfertiti, un papyrus magique, un scarabée de jade. Je pourrais le montrer aux copines, à cette bêtasse de Melissa qui sait tout, qui a tout vu, part chaque année en croisière sur le yacht de son père, pendant que moi je passe l'été à Châtelus-Malvaleix, chez mes grands-parents. »

– Jean-Tim est à Saqqara, dit Brigitte, avant de se replonger dans sa lecture.

Alisson imagina le parrain inconnu : un vieil original sans doute, qui semblait ignorer l'existence du téléphone et de l'Internet, rédigeait tous les trois ou quatre ans une lettre au stylo-plume, que le professeur de français d'Alisson aurait refusée tellement l'écriture était mauvaise. Ça

 ressemblait aux traces laissées par une mouche qui aurait marché par hasard dans une tache d'encre noire. À force de vivre dans les tombeaux des pharaons, il devait avoir pris un léger retard sur le monde, le bon oncle.

Robert Perreux supportait mal que sa femme soit encore plongée dans cette lettre qui n'en finissait pas :

– Alors, dit-il la bouche pleine. Il sort de sa pyramide, celui-là ?

– Ah, mais ! murmura soudainement Brigitte.

– Ne me dis pas qu'il arrive en vacances, maugréa Robert. Sinon, je file prendre les miennes en Égypte.

– Mieux que ça. Il invite Alisson.

D'abord Alisson se dit qu'elle avait mal entendu, mais quand sa mère répéta : « parfaitement, il invite notre fille », elle crut que le ciel lui tombait sur la tête. Elle sentit l'air lui manquer tout d'un coup. Robert voulut parler, mais sa femme lui fit signe de se taire :

– Écoutez ça : « Je sais que je n'ai pas été un bon parrain pour la petite Alisson, mais je ne l'ai pas complètement oubliée. Elle doit être bien grande maintenant ; quel âge au juste ? onze ans peut-être, le temps passe si vite... »

– Tu parles, coupa Robert, il connaît par cœur l'âge des pharaons, mais il se trompe de deux ans dans celui de sa filleule !

– « Je me suis dit », continuait Brigitte, « qu'elle serait peut-être intéressée par un voyage d'études en Égypte. L'idée m'est venue parce que j'ai appris par mon ami

Mostapha que notre Institut recevra un stage d'initiation à l'égyptologie pour des collégiens européens. J'ai aussitôt pensé à Alisson.  Le voyage et l'hébergement seront aux frais de la coopération franco-égyptienne. Le stage durera quinze jours, du 4 au 19 juillet. Ensuite, je dois partir pour la Haute-Égypte où je passerai trois semaines sur un chantier de fouilles. Alisson pourrait m'accompagner. »

Brigitte arrêta sa lecture pour reprendre sa respiration :
– Tu vois, ma chérie, dit-elle radieuse. Il pense à toi, ton parrain. Il veut faire de toi une archéologue.

C'est le moment que choisit Robert Perreux pour se fâcher tout rouge :
– Non mais, de quoi je me mêle ! Il se met aux abonnés absents pendant quinze ans, et maintenant il voudrait faire l'éducation de ma fille ! Pas question qu'elle y aille !

Oh non, ce n'était pas vrai ! Alisson se trouva très mal tout d'un coup. Elle ressentit un poids sur la poitrine, les oreilles lui bourdonnèrent. Elle n'entendit que très vaguement la dispute qui montait entre sa mère et son père :

– Tu as toujours été jaloux de mon frère, disait Brigitte, voilà la vérité.

– Et toi, tu défends cette espèce de Jean de la lune, grognait Robert. Alisson ira chez mes parents, eux au moins ils savent s'occuper d'elle, je peux leur faire confiance. Et l'air de la Creuse lui fera du bien. Elle n'est pas bien à

 Châtelus-Malvaleix ? Ose dire qu'elle n'est pas bien.

Alisson sombra dans un trou noir. Quand elle reprit conscience, elle était allongée sur son lit. On avait ouvert la fenêtre, dans l'attente du docteur Bertrand appelé en urgence. Il arriva dans le quart d'heure, lui prit la tension, examina le blanc de l'œil, demanda ce qui s'était passé. La maman d'Alisson fut heureuse de vider sa rancœur en présence d'un témoin extérieur à l'affaire.

– Ah, c'est cela ? dit le médecin. L'Égypte ! Tu en as de la chance, Alisson. Les pyramides, Karnak, Louxor ! Moi c'est simple, à ton âge, je rêvais d'être égyptologue. Pour les beaux yeux de Néfertiti ! Tu m'enverras une carte postale, hein, n'oublie pas.

Robert raccompagna le docteur. Du couloir, il entendit Brigitte restée auprès d'Alisson dire à voix assez haute pour qu'il entende :

– Tu vas vite écrire à tes grands-parents, ma chérie, pour t'excuser de ne pas pouvoir venir cet été. Je suis sûre qu'ils comprendront, EUX.

2/ La meilleure ennemie d'Alisson

Le printemps sembla plus clair que d'habitude à Alisson. Elle se mit à compter les jours jusqu'à son départ et commençait à chercher la bonne occasion pour annoncer la nouvelle à Lucas et surtout à sa meilleure ennemie, Melissa. Mais vite, une grande crainte la prit : et si cette histoire de stage était encore une idée folle du parrain ? Il avait fait tellement de promesses qu'il n'avait pas tenues. « Oh, non, qu'il ne me fasse pas une telle embrouille, le parrain ! Qu'il reste dans ses tombeaux avec ses amies les momies sans donner de nouvelles, passe encore. Mais m'inviter et ne pas tenir sa parole, je ne le supporterais pas ! »

 Alisson dut patienter quinze longs jours et ne fut vraiment rassurée que lorsque sa mère lui tendit un courrier adressé à son nom personnel. Le cachet était celui de l'ambassade de France au Caire. Elle ouvrit la lettre en tremblant :

Ambassade de France
Service culturel
N° de dossier : 03/145Y/856VX

À *mademoiselle Alisson Vialassoux-Perreux*

Le Caire, 20 avril

Chère mademoiselle,

J'ai le plaisir de vous confirmer votre inscription définitive au stage d'initiation à l'égyptologie, organisé par le service de coopération franco-égyptienne, au Caire, du 4 au 19 juillet. Vous voyagerez par un vol régulier d'Égyptair au jour qui vous sera communiqué, dans les semaines qui viennent, avec l'envoi de votre billet d'avion. Dans votre cas, le professeur Vialassoux nous ayant signalé qu'il vous emmenait ensuite sur son chantier de fouilles de Nag-Hammadi, la date du retour sera fixée en accord avec lui. Veuillez trouver ci-annexée une liste de conseils vestimentaires, un rappel des exigences sanitaires, particulièrement les vaccinations, ainsi qu'un document à renvoyer par retour de courrier daté et signé par vos parents et signifiant leur accord par ces mots « lu et approuvé ».

Nous nous réjouissons beaucoup d'accueillir la nièce du célèbre professeur Vialassoux et ferons tout notre possible pour vous rendre le séjour agréable.

Longtemps, Alisson resta allongée sur son lit, les yeux fixés sur le blanc du plafond où naissaient déjà les images de son rêve.

Elle se plongea dans tous les livres d'égyptologie qu'elle put trouver à la bibliothèque du collège, consulta les sites sur Internet. Bien sûr, Lucas et Melissa remarquèrent son intérêt subit pour l'Égypte, mais elle ne laissait rien percer du mystère. Elle avait décidé d'attendre son heure, et son heure, elle le savait, c'était le dernier jour de classe, quand Melissa, d'un air supérieur, lui ferait la demande habituelle. Qu'elle attende un peu, la chère Melissa!

Le dernier jour, comme prévu, Melissa annonça que cette année, le yacht de son père visiterait les Baléares. Elle se tourna vers Alisson et déclara, de façon que tout le monde entende:

– Et toi, Alisson, si je veux t'envoyer une carte postale pendant ma croisière, je l'adresse où ça déjà? Comme

 d'hab ? À Chaplure Malabête, dans la Creuse ?

— À Châtelus, si tu veux. Je serai heureuse de la lire à Noël, quand j'irai voir mes grands-parents. Mais si tu veux que je l'aie plus vite, envoie-la à l'ambassade de France au Caire. Ils feront suivre à Nag-Hammadi.

— À Nag quoi ? s'étonna Lucas.

— Nag-Hammadi, en Haute-Égypte, où mon parrain a son chantier de fouilles. J'y passerai l'été, après mon stage d'archéologie au Caire.

— Parce que tu as un oncle archéologue, dit d'un air pincé Melissa. Voyez-vous ça ! Alors, le mien, c'est le roi d'Angleterre.

Alisson ne se laissa pas démonter par les ricanements.

— Je ne te l'avais pas dit ? Excuse-moi, Melissa, c'est fou ce que je suis distraite. Tu as dû voir son nom dans les journaux quand il a fouillé Avaris, dans le delta du Nil. Il a même fait quatre pages dans *Paris Match*. Le professeur Vialassoux.

— Et qu'est-ce qu'il fouille exactement ? insista Lucas.

— Il est épigraphiste, c'est-à-dire qu'il relève les inscriptions gravées sur la pierre et sur les monuments. Il s'est spécialisé dans les écritures sémitiques et dans le protosinaïtique.

— Le proto quoi ? s'étrangla Lucas.

— Écoute, Lucas, ne sois pas plus idiot que tu en as l'air. C'est déjà bien assez. Le protosinaïtique est une écriture très ancienne qu'on trouve dans le Sinaï. Voilà, Jean-Tim en est spécialiste ; mais il connaît aussi, bien sûr, les hiéroglyphes, le démotique, l'ougaritique,  l'araméen, l'éblaïte, et je te fais grâce du reste. Mais excusez-moi, les copains, j'ai à faire. Je dois préparer mes valises. Salut.

Elle les laissa plantés à la porte du collège. « Cette Melissa, songea-t-elle tout heureuse, je l'ai bien mouchée. Quelle prétentieuse, avec son yacht et ses croisières. À l'heure qu'il est, elle doit être folle de jalousie. »

Elle entendit qu'on courait derrière elle, c'était Lucas :

– C'est vrai, ce gros mensonge ? T'en as marre des vacances à Chaleix machin chouette, dis-le.

– Mon petit Lucas, dit Alisson en le regardant droit dans les yeux, c'est la pure vérité. Mon oncle est vraiment archéologue, spécialiste d'épigraphie. Et si tu ne sais pas ce que ça signifie, va chercher sur Internet. Mon oncle connaît un tas de langues. Le protosinaïtique, je l'ai rajouté, c'est vrai, parce que je trouvais ça joli, je l'ai trouvé dans une encyclopédie ; mais tout le reste est vrai, et je m'envole le 3 juillet d'Orly Sud. À plus, Lucas.

Elle le quitta et se retourna une dernière fois :

– Au fait, où est-ce que je dois t'écrire si je veux t'envoyer une carte postale ?

Alisson rentra chez elle en sifflotant. Elle ne se reconnaissait pas. C'était la première fois qu'elle gagnait contre sa meilleure ennemie.

3/ Le grand départ

Dans l'avion pour Le Caire, Alisson contemplait l'étendue bleue de la Méditerranée. On voyait distinctement le moutonnement des vagues ; des bateaux minuscules, d'un blanc très pur, scintillaient dans la lumière crue. Elle avait déjà pris l'avion une fois pour aller en Corse avec ses parents. Mais aujourd'hui elle était seule.

Elle sourit en pensant aux adieux à l'aéroport d'Orly. Qui était le plus inquiet : son père ou sa mère ?

– Surtout, téléphone-nous à l'arrivée. Et fais bien attention à te couvrir le soir, on n'est jamais assez prudent.

 – Et l'eau, disait son père, fais-y attention. Moi, dans ces pays-là, c'est simple, je ne bois que de la bière. Je me lave même les dents à la limonade, pour ne pas attraper la bilharziose.

Maman avait glissé quelques gâteries dans son bagage. Papa, d'un air indifférent, lui remit discrètement une enveloppe contenant des billets de banque.

C'est alors qu'un incident s'était produit. Une vieille dame tirant une valise à roulettes se prit les pieds dans le sac d'Alisson et faillit s'étaler par terre. Le père d'Alisson se précipita pour la retenir.

– Vous n'avez rien, madame ?

– Oh, que je suis maladroite, gémit la vieille dame. Pardonnez-moi, monsieur.

Elle rajusta son chapeau, ses lunettes :

– Non, je n'ai rien, Dieu merci. Vous prenez le vol d'Égyptair, je suppose.

– Pas du tout, dit Robert, notre fille seulement.

La maman d'Alisson sauta aussitôt sur l'occasion :

– Pardonnez-nous, madame, mais serait-il possible de vous demander un service ? C'est la première fois que notre fille voyage seule. Elle se rend au Caire où son oncle l'attend pour un stage d'égyptologie. Pourriez-vous veiller sur elle ?

– Mais où est-elle donc cette grande jeune fille ? demanda la mamie en rajustant une seconde fois ses lunettes. Ah, vous voilà. Si vous voulez bien de moi, mademoiselle, c'est entendu, je veillerai sur vous durant le vol.

Alisson n'avait pas très envie d'être assistée, mais elle vit bien que cela rassurait ses parents. De plus, cette mamie semblait charmante : coquette, fantaisiste, vêtue de couleurs criardes assez étranges. Une originale.

Dans l'avion, elles se retrouvèrent donc assises côte à côte. La vieille dame laissa le hublot à Alisson pour qu'elle voie mieux le paysage. Puis elle entreprit de lui raconter ses voyages. Elle avait visité l'Asie, l'Océanie, l'Amérique, l'Afrique, et l'Europe, bien entendu. À soixante-quinze ans, elle dépensait sa fortune à parcourir la terre dans tous les sens. Elle allait en Égypte pour revoir des lieux dont elle était tombée amoureuse à l'âge de trente ans, en visitant la tombe de Nakht.

– Superbe tombe, ma petite Alisson, positivement charmante ! On y voit des musiciennes d'une rare beauté. C'est bien simple, on dirait qu'elles vont se mettre à chanter.

Après l'Égypte, elle pensait aller à Rome toucher le sabot du cheval d'un empereur dont Alisson ne retint pas le nom.

– Que voulez-vous, je suis comme ça. Un rien m'attire. Cette statue de l'empereur, positivement charmante ! En plus toucher le sabot d'un cheval, cela porte bonheur. C'est comme la bouche de la vérité, en avez-vous entendu

 parler, ma petite Alisson ? Pour voir si quelqu'un mentait, jadis, à Rome, on lui mettait la main dans la bouche de vérité, et hop, en cas de mensonge, la main était immédiatement coupée !

– Positivement charmant ! dit Alisson en réprimant un frisson d'horreur.

Le voyage fut un régal, avec toutes les histoires bourdonnantes de la vieille dame.

– Appelez-moi Angelika, dit-elle. Angelika, avec un *k*. Un joli nom, romantique, vous ne trouvez pas ? C'est allemand, et ça supporterait bien une petite musique de Wagner, n'est-ce pas ?

Alisson souriait à tous ces bavardages. Elle ne connaissait cette mamie que depuis quelques heures, mais il lui semblait qu'elle l'avait toujours connue, comme si son visage dormait depuis toujours dans son souvenir. Un visage bien fait, les traits un peu durs, mais des yeux bleus très tendres et un rien canailles.

Alisson ne vit pas le temps passer. Mamie Angelika avait sorti de son sac de cabine un gros paquet de pâtisseries qu'Alisson devait ingurgiter en plus du repas servi par l'hôtesse de l'air :

– Encore un petit gâteau, Alisson, vous paraissez un peu menue pour votre âge.

La vieille dame l'interrogea sur le but de son voyage, Alisson lui parla de Jean-Tim, du stage au Caire, de Nag-Hammadi où elle se rendrait ensuite avec son parrain ;

Angelika trouva tout cela « positivement charmant », selon son expression favorite ! Elle continuait son gentil bavardage quand le signal d'attacher les ceintures s'alluma.  On amorçait la descente sur Le Caire. Quelques milliers de mètres sous leurs pieds s'étendait cette Égypte dont Alisson avait souvent rêvé ! Et le parrain, cet étrange parrain qui l'avait oubliée pendant treize ans. Alisson se demanda comment elle allait le reconnaître.

– C'est bien simple, avait dit sa mère, il a des yeux verts avec, dans le vert, des petits grains de pain doré. Tu ne peux pas te tromper.

Alisson et sa mère avaient recherché un portrait parmi les vieilles photos. On voyait Jean-Tim à l'âge de vingt ans environ. Il avait le bras gauche dans le plâtre, suite à une chute de cheval qui lui avait cassé la clavicule. De grands yeux très clairs, des cheveux qui partaient dans tous les sens, et un très beau sourire. « Sûr, se dit Alisson, qu'on va bien s'entendre tous les deux. »

Angelika et Alisson passèrent le contrôle de police, récupérèrent les bagages et firent la queue à la douane.

– Rien à déclarer, madame ? Vous voyagez ensemble ?

– Non, mon bon monsieur, répondit Angelika. Je viens faire du tourisme et Alisson est une petite future archéologue ; son oncle est le célèbre professeur Vialassoux, de l'Institut…

— Ça va, dit le douanier, je vous souhaite un bon séjour.
— Merci, mon bon monsieur, répondit Angelika.

Elle se tourna vers Alisson :
— Voulez-vous que je reste avec vous, pour voir s'il est là, ce célèbre parrain, petite demoiselle ?

Alisson hésita un instant, car la présence de mamie Angelika la rassurait. Mais elle ne voulut pas laisser paraître son inquiétude.

— Non, merci, Angelika, tout va bien maintenant qu'on a passé la police et la douane. Mon oncle ne va pas tarder.

Angelika l'embrassa sur les deux joues et disparut dans la foule. Alisson posa son sac à dos et sa valise et se mit à attendre, cherchant du regard la silhouette de Jean-Timothée.

Au bout d'une demi-heure, l'oncle était toujours invisible. Les gens passaient auprès d'elle, se croisaient, riaient, mais aucun ne ressemblait au grand jeune homme de la photo jaunie qu'elle avait dans la main. Des touristes par groupes, oui, mais pas l'ombre de l'oncle aux yeux verts. Et partout dans l'aérogare un mélange de cris, de couleurs, un tourbillonnement, une tempête. Un homme passa près d'elle et tourna la tête comme pour la regarder ; elle crut un instant qu'il allait l'aborder, mais il continua son chemin et se perdit dans la foule. Son regard noir, très brillant, traîna quelques instants dans la tête d'Alisson. Elle patienta encore un bon quart d'heure et commençait à se demander ce qui allait lui arriver, dans cette ville où elle ne connaissait personne, quand quelqu'un se présenta.

C'était un homme au corps épais, d'une trentaine d'années environ, habillé d'un débardeur jaune qui laissait voir les poils de sa poitrine et les muscles de ses gros bras, avec là-dessus, un chapeau de brousse sur la tête. Il s'inclina avec cérémonie :

– Vous êtes Alisson, la nièce de Jean-Tim, je veux dire du professeur Vialassoux, n'est-ce pas ?

– C'est moi, oui.

– Le professeur regrette, mais il n'a pas pu venir vous chercher lui-même. Il profite de son passage au Caire pour se rendre au ministère des Antiquités. Je suis Mostapha, son adjoint, responsable du stage d'initiation. Bienvenue en Égypte, mademoiselle.

Alisson respira. Jean-Tim n'était pas là, mais il avait eu au moins l'idée d'envoyer quelqu'un. Mostapha s'empara du sac et de la valise et entreprit de sortir de l'aérogare. C'est alors qu'une petite alarme s'alluma dans l'esprit d'Alisson : *cet homme était-il bien Mostapha ?* Elle n'en savait rien après tout. Ça pouvait tout aussi bien être un escroc. Elle avait entendu des histoires de ce genre, des gens qui se font passer pour d'autres, vous prennent vos bagages, et pof ! Si le soi-disant Mostapha décidait de se mettre à courir au milieu de la foule, elle pouvait dire adieu à ses bagages ! Mais l'homme allait

 tranquillement devant elle et se dirigea vers un parking où un chauffeur les attendait au volant d'un 4 × 4 tout jaune du sable du désert. Le chauffeur était occupé à ranger les bidons de gasoil et les caisses qui s'entassaient sur l'arrière. De la cabine sortait la voix d'une chanteuse orientale. Mostapha casa les bagages d'Alisson au milieu du gasoil et des caisses, puis il l'invita à monter à l'avant. Elle se retrouva coincée entre les deux hommes, les jambes tout près du levier de vitesse. Chaque cahot la renvoyait d'une épaule à l'autre.

Le Caire lui parut immense et très agitée. Le chauffeur se faufilait entre les voitures, donnait de grands coups de klaxon pour faire dégager les voitures, mais aussi les chèvres et les ânes qui semblaient s'être donné rendez-vous dans les rues de la ville. Les chèvres surtout se montraient à leur aise. Alisson en vit une appliquée à mâchonner un sac en plastique, une autre attachée sur la galerie d'une voiture, qui regardait ces messieurs de la ville avec intérêt.

Les deux hommes n'étaient pas bavards. Ils échangeaient de temps en temps quelques mots en arabe.

– Je suppose qu'on va à l'Institut français, dit Alisson.

– Votre oncle m'a demandé de vous héberger pour une ou deux nuits, répondit Mostapha. Après, il vous prendra chez lui.

Pour la seconde fois, la petite alarme s'alluma dans la tête d'Alisson. Était-elle en danger ? Elle ne connaissait aucun de ces deux hommes, et ils n'avaient pas un air très accueillant. Le chauffeur avec ses grosses moustaches avait tout d'un forban, comme on en voit dans les films de pirates.  Ils pouvaient à tout moment la faire disparaître, la prendre en otage, la vendre. Elle eut une pensée rapide pour Angelika dont la présence l'aurait bien rassurée en ce moment. « Allons, se dit-elle pour se redonner du courage, ne t'amuse pas à te faire peur, ma petite Alisson. »

On approchait du Vieux Caire. Les rues devenaient étroites et encombrées. Des ruelles entraperçues faisaient l'impression de coupe-gorge. Et quand le chauffeur, sans crier gare, tourna dans une de ces ruelles sombres, Alisson dut se mordre les lèvres pour ne pas laisser éclater sa peur.

Le 4 × 4 s'arrêta devant une maison de couleur jaunâtre. Quatre balcons entièrement fermés par ces panneaux de bois, percés de fentes discrètes, qu'on appelle des moucharabiés, ornaient la façade. Alisson crut distinguer, derrière l'un deux, des formes qui bougeaient.

– Nous sommes arrivés, dit Mostapha.

Il s'empara de la valise et du sac à dos tandis que le chauffeur restait à surveiller la voiture. Alisson le suivit au travers d'un long couloir sombre, d'escaliers et de portes qu'elle eût été en peine de reconnaître pour s'enfuir en cas de danger. Enfin Mostapha s'arrêta sur un palier, ouvrit une porte et cria :

– Fathia, voilà la nièce du professeur.

Une jeune femme se précipita, vêtue d'une longue robe, cheveux longs d'un noir de jais. Un joli maquillage au henné ornait son front :
– Voici ma femme, Fathia, dit Mostapha. Elle connaît un peu de français et d'anglais. Elle s'occupera bien de vous, ne vous faites pas de souci. Et voici nos enfants. Moi, je suis désolé, mais je dois rejoindre Jean-Tim au ministère. J'espère que vous vous plairez chez nous.

Derrière Fathia, se profilaient trois petits museaux curieux.
– Cherif, Youssef et Hala, dit Fathia, avec un grand sourire. Dites bonsoir, *good evening*.

Trois petites têtes s'inclinèrent. Alisson leur rendit leur salut. Elle respirait enfin : « Que je suis bête d'avoir eu toute cette inquiétude, se dit-elle. Je crois bien que je vais me plaire dans cette famille. »

Les enfants prirent leur invitée par la main pour lui montrer sa chambre. On lui avait réservé une belle pièce, peinte en blanc. La fenêtre était protégée par un des moucharabiés qu'elle avait aperçus depuis la rue. Un lit était disposé dans un coin, sur un très beau tapis. Des faïences bleu et vert tapissaient les alentours d'un lavabo. Les enfants la regardèrent pendant qu'elle ouvrait ses valises, avec de grands yeux noirs. « Si j'avais su que je logeais ici, se dit-elle, j'aurais apporté des cadeaux. »

Fathia gronda ses petits et voulut les
faire quitter la chambre, mais Alisson
leur fit signe de rester. Elle choisit dans
sa trousse trois feutres fluo et les leur
donna. Un grand sourire passa sur leur visage et ils
s'enfuirent chacun avec son trésor.

Alisson se rappela qu'elle avait promis de téléphoner
dès son arrivée au Caire. Mais Mostapha était déjà
reparti, et il ne semblait pas y avoir de téléphone dans
cette maison.

« Pauvres parents, se dit Alisson, ils vont être morts
d'inquiétude. » Mais elle ne se voyait pas partir seule
dans les rues étroites et noires de monde du Vieux Caire,
à la recherche d'une cabine téléphonique.

Alisson rangea ses affaires dans un placard. Puis elle
entreprit de faire un brin de toilette, après quoi elle se
sentit en pleine forme. Elle se mit sur le balcon et
observa la ville, à travers les fentes du moucharabié.
On voyait beaucoup mieux qu'elle n'eût pensé derrière
ces panneaux de bois. Personne ne pouvait la voir de
l'extérieur, mais elle, au contraire, voyait toute la rue.
Son regard erra sur les gens, les voitures, les maisons.
Étrangement, le ciel de cette fin d'après-midi n'était pas
bleu mais jaune, comme s'il reflétait la couleur du
désert, dans cette lumière du soir très douce. Elle
s'allongea un instant sur son lit, et se laissa envahir par
les rumeurs de la ville qui parvenaient jusqu'à ses
oreilles, puis elle s'assoupit.

 Des coups frappés à la porte la réveillèrent. La petite Hala entrouvrit discrètement la porte pour lui faire signe de venir. Dans la salle, Fathia avait servi du thé et des gâteaux. Mostapha arriva quelque temps après, comme la nuit s'installait sur Le Caire et que les appels à la prière retentissaient. Alisson lui demanda des nouvelles de Jean-Tim ; il dit qu'on ne le verrait que le lendemain, parce qu'il avait dû faire une course urgente à Saqqara. « Décidément, se dit Alisson, mon oncle est un fantôme bien mystérieux. Je commence à me demander s'il existe vraiment ! »

Elle parla du téléphone, Mostapha dit qu'il réglerait la chose dès le lendemain matin, à l'Institut. Fathia avait préparé du *foul*, un plat à base de grosses fèves, que les enfants et Mostapha mangèrent de bon appétit. On lui offrit des dattes et lui servit dans un verre une boisson rouge sombre.

– Cela s'appelle du carcadet, expliqua Fathia. On le fait à partir de la fleur d'hibiscus.

Mostapha se leva :

– Nous devons être demain pour huit heures trente à l'Institut.

Les trois gamins l'accompagnèrent jusqu'à sa chambre. Alisson les embrassa, tout heureuse, ensuite elle se coucha et s'endormit très vite. Elle ne se doutait pas qu'une nuit très agitée l'attendait.

4/ Une nuit très agitée

Sans bruit, Alisson avait entrouvert la porte de sa chambre pour se sauver de la maison. Elle avançait discrètement sur la pointe des pieds. La porte d'entrée se trouvait tout au bout, et elle se dit qu'elle n'y arriverait jamais. Elle essayait de se rappeler le chemin qu'elle avait pris la veille depuis la rue jusqu'à l'appartement ; mais il n'en finissait pas. Cela faisait des coudes, des boyaux noirs, mal éclairés, et ses jambes la portaient mal.

Derrière elle retentit soudain un bruit de marteau, ou plutôt non, elle en était sûre, le bruit que fait une jambe de bois qui cogne sur un plancher ; oui, c'était bien ce

 bruit, elle l'avait déjà entendu dans les films : quelqu'un était à sa poursuite, un homme avec une jambe de bois. Elle voulut accélérer le pas pour lui échapper, mais elle sentit que ses jambes refusaient d'avancer. Et le bruit, derrière elle, se rapprochait. Enfin la porte. Fermée ! Seule solution : faire face à l'homme à la jambe de bois. Il portait une grosse barbe, mais on le reconnaissait facilement, c'était le chauffeur, oui le chauffeur, qui s'était mis une barbe blanche de père Noël. Il avait arraché sa jambe et la tenait par le petit bout. Il la leva en ricanant pour l'assener sur le crâne d'Alisson qui hurla de terreur.

Elle se réveilla en sursaut, trempée de sueur, et mit quelques instants à comprendre qu'elle venait de faire un cauchemar ; elle en tremblait encore : cette brute ricanante, la jambe de bois qui s'abattait ! Des coups sourds résonnaient dans les murs. C'est cela qui avait dû déclencher son rêve.

Elle regarda sa montre : trois heures trente du matin. Inutile de songer à se rendormir, elle avait trop chaud. Quittant son lit, elle ouvrit la porte et se mit à la recherche d'un verre d'eau, songea à son père qui disait se laver les dents à la limonade pour ne pas attraper une maladie bizarre dont elle avait oublié le nom. Elle trouva la cuisine, avala deux grands verres d'eau et regagna sa chambre. C'est alors qu'elle remarqua, par la fenêtre du couloir, qu'une lucarne était allumée en bas, dans la cour intérieure. C'était sans doute de cette pièce que provenaient les coups qui l'avaient réveillée. Un artisan peut-être, qui travaillait la nuit : les coups ressemblaient à ceux d'un marteau.

« Mais j'aimerais quand même bien savoir ce qu'on peut fabriquer à trois heures du matin », se dit-elle, se découvrant plus courageuse qu'elle ne l'eût pensé. Il y avait, près de sa chambre, une porte fermée à clé qui marquait la fin de l'appartement de Mostapha. La clé pendait à un clou sur le mur, juste à côté. « Ou je me trompe, songea-t-elle, ou il y a, derrière cette porte, l'escalier qui conduit à la cour intérieure. » Elle décrocha la clé, l'introduisit dans la serrure. La porte grinça : elle attendit, le cœur battant, en espérant qu'elle n'avait réveillé personne, puis se faufila au dehors.

Alisson ne s'était pas trompée : un escalier reliait l'appartement de Mostapha à la cour intérieure. Et en face, au niveau du rez-de-chaussée, se trouvait la lucarne allumée qui avait attiré son attention. Ce fut facile de s'y rendre. La lucarne étant un peu haute, elle approcha du mur une charrette qui traînait dans la cour, la renversa pour la rendre plus stable et grimpa. La lucarne donnait sur un atelier rempli de bric-à-brac. Ce qu'elle vit en premier, ce furent des cercueils, ou plutôt non, des sarcophages, debout contre les murs, ou posés sur des tables à côté de scies, de marteaux et de toutes sortes d'outils de menuiserie. Mais

 elle n'eut pas le temps de détailler l'inventaire car son regard fut attiré, à gauche de la pièce, par une silhouette d'homme penché sur une table où il lui sembla apercevoir la forme allongée d'un corps humain.

La lucarne était trop éloignée pour qu'elle puisse voir ce que l'homme fabriquait. Alisson examina le mur contre lequel elle se trouvait, aperçut, plus à gauche, à demi masquée par une plante grimpante, une petite fenêtre. Elle déplaça la charrette, y grimpa et entreprit de terminer l'escalade en s'agrippant à la plante. La fenêtre, sans carreaux, possédait deux barreaux qui lui permirent de s'accrocher avec les mains. L'homme était toujours penché sur la table où se trouvait une femme aux cheveux longs, très bruns, dont seules les extrémités étaient encore visibles, car le haut de la tête et une grande partie du visage étaient recouverts de bandelettes. On était en train de momifier une créature humaine, et Alisson dut se retenir pour ne pas lâcher les barreaux. L'homme soulevait la tête de la femme, passait les bandelettes tranquillement; il ne restait plus, du visage, que la bouche et le menton. Alisson crut que la femme était morte, jusqu'à ce qu'elle voie bouger un de ses bras! Son bourreau n'avait même pas pris le temps de la tuer avant de la momifier!

Soudain une porte s'ouvrit sur la droite de la pièce, et un deuxième individu entra. Alisson reconnut aussitôt le chauffeur qui l'avait prise à l'aéroport pour la conduire ici, chez Mostapha. Il transportait un vase qu'il déposa

auprès de la femme couverte de bandelettes. Les deux hommes discutèrent un moment.  Puis, le chauffeur enfila des gants de plastique bleu, comme aurait fait un chirurgien, et retira du vase une pâte molle, toute blanche, qu'il posa sur la tête de la femme vivante, entourée de bandelettes !
Alisson avait des crampes aux bras ; elle ne pourrait plus tenir bien longtemps. Alors, elle descendit en s'accrochant à la plante, reprit pied sur la charrette, traversa la cour et regagna l'escalier sans bruit. Arrivée au haut des marches, elle n'avait qu'à pousser la porte, qu'elle n'avait pas refermée, pour regagner sa chambre. Mais elle n'eut pas envie de le faire. En même temps que la peur, une grande envie la tenaillait de continuer à observer. Alors, elle se cacha derrière la rampe de l'escalier, sans trop savoir ce qu'elle espérait. Quelques coups de marteau parvinrent encore à ses oreilles. Plus tard, une porte s'ouvrit : le chauffeur et son compagnon sortirent en portant un sarcophage sur leurs épaules. Ils emportaient la femme enfermée dans ce cercueil. Elle les vit traverser la cour, puis se diriger vers la porte à double battant qui donnait sur la rue ; ensuite, elle les perdit de vue.
 Alisson regagna sa chambre sans bruit et se précipita vers le moucharabié juste à temps pour voir les deux individus charger le sarcophage dans une camionnette. Après quoi, ils démarrèrent.

 Alisson rechercha vainement une clé sur la porte de sa chambre, mais il n'y avait ni serrure, ni verrou. Alors elle poussa une table contre la porte et y mit un vase. Si quelqu'un avait la mauvaise idée d'entrer, la chute du vase l'avertirait aussitôt.

Allongée sur son lit, elle essaya de calmer les battements de son cœur en respirant profondément. On avait momifié une femme vivante, à quelques mètres d'elle. Et le chauffeur, qui connaissait Mostapha, était dans le coup ! Donc Mostapha aussi savait, ça ne faisait pas l'ombre d'un doute. Et Alisson était en danger ! Elle regarda sa montre : quatre heures et demie. Il restait deux ou trois heures de nuit. L'important était de tenir jusqu'au matin. Maintenant qu'elle s'était un peu calmée, elle se dit que si les deux hommes revenaient, il ne resterait pas assez de nuit pour que ces travailleurs de l'ombre l'agressent. S'ils avaient de mauvaises intentions, ce serait pour la nuit suivante.

Alisson s'étonna de réfléchir aussi calmement. Était-elle vraiment en danger ? « Voyons, se raisonnait-elle, tu es chez Mostapha, pas chez le chauffeur, et Mostapha n'est peut-être pas au courant. Il est certainement honnête, et c'est toi qui te fais des idées. Tu te retrouves toute seule pour la première fois dans un pays étranger, et tu ne contrôles pas ton imagination. » De nouveau, elle pensa à Angelika. Avec elle au moins, elle se serait sentie plus en sûreté ! Elle pensa aussi à son père, à sa mère, à qui elle n'avait pas téléphoné, et qui devaient terriblement s'inquiéter. Puis elle revit la femme entourée de bandelettes. « Calme-toi, ma petite Alisson, calme-toi. Tu as peut-être mal vu, ou mal compris.  On ne momifie pas des gens vivants. D'ailleurs la femme n'était pas attachée, et elle se laissait faire. » Mais aussitôt, une autre petite voix se faisait entendre : « Bien sûr qu'elle se laissait faire, puisqu'ils l'avaient droguée. Droguée, tu entends. Sauve-toi, Alisson, il en est encore temps. »

Les pensées d'Alisson tournaient, s'affolaient, se raisonnaient avant de s'affoler à nouveau. Elle eut envie de hurler à travers le moucharabié pour que tout le monde l'entende. Elle décida d'attendre le jour en restant les yeux grands ouverts. Mais ils se fermèrent d'eux-mêmes.

Ce fut l'appel à la prière, au point du jour, qui la réveilla. Elle avait gagné quelques heures d'un sommeil à peu près tranquille. Elle débarrassa la porte du vase et de la table, et peu de temps après, on frappa. La petite Hala l'appelait.

Alisson se lava, s'habilla, passa un peigne dans ses cheveux. La petite voix de Hala gazouillait derrière la porte, en attendant que son invitée se décide à sortir. Dès qu'elle vit Alisson, elle se précipita sur elle et la conduisit par la main jusqu'à la pièce où était servi le petit déjeuner. Mostapha, sa femme et les enfants étaient assis autour de la théière et d'un gros plat de pâtisseries.

– Bonjour Alisson, dit Mostapha. Bien dormi ?

– Très bien, merci, mentit Alisson.

– Le stage commence à neuf heures, je dois être là-bas une demi-heure avant. Mais servez-vous, Alisson. Vous allez goûter à nos petits déjeuners du Caire. On les trouve généralement excellents.

5/ Premier jour de stage

– Mesdemoiselles et messieurs les stagiaires, permettez-moi tout d'abord de me présenter. Je m'appelle Sophie Beaulieu-Seignac, et je suis directrice de l'Institut français d'archéologie orientale qui organise votre séjour.

Il était neuf heures précises, et les douze stagiaires se tenaient réunis pour la première fois dans une salle de l'Institut décorée d'antiquités : fresques, mosaïques, vases canopes, et autres objets. Sophie Beaulieu était une femme jeune, élégante, parlant avec autorité et chaleur. Alisson se laissait porter par le ton assuré et chantant de

 sa voix. Les soucis de la nuit s'effaçaient ; enfin, elle était avec les autres et le stage commençait. La directrice donna des informations sur le déroulement des activités :

– Nous allons consacrer cette première matinée à l'étude des hiéroglyphes, sous ma direction. Cet après-midi, le professeur Luis Velasquez vous emmènera visiter les mastabas de Saqqara, dont il est un éminent spécialiste. Commençons donc sans plus perdre de temps, mais je voudrais simplement signaler, avant d'entrer dans le monde mystérieux des hiéroglyphes, que l'une d'entre vous a oublié de prévenir ses parents qu'elle était bien arrivée en Égypte ; ils s'inquiètent. Où est cette jeune étourdie ?

Alisson leva la main.

– Vous êtes Alisson, la nièce du professeur Vialassoux, je suppose. Allez vite rassurer vos parents, Alisson, ils attendent au téléphone. Et revenez-nous vite, sinon, vous allez manquer les premiers hiéroglyphes.

Alisson se leva, un peu rougissante, suivie du regard par tous les stagiaires.

La voix de Brigitte, sa maman, se fit entendre dans l'écouteur :

– Alisson, c'est toi ma chérie ? Nous sommes morts d'inquiétude, ton père et moi. Qu'est-ce qu'il te prend de ne pas donner de nouvelles ?

– Je vais bien, maman, ne t'inquiète pas. Ce serait long

à expliquer, mais oncle Jean-Tim m'a logée chez son ami Mostapha, qui habite dans le Vieux Caire et n'a pas le téléphone. J'ai dû attendre ce matin.
– Est-ce que tout va bien, Alisson ?
– Parfaitement bien, mentit Alisson en pensant aux événements de la nuit. Le stage vient tout juste de commencer, et je dois te quitter si je ne veux pas être en retard.
– Et Jean-Tim, comment va-t-il ?
– En pleine forme, et toujours très occupé, mentit de nouveau Alisson qui n'avait pas envie de lui dire qu'elle ne l'avait pas encore vu. Excuse-moi, maman, mais je dois te quitter.
– Prends soin de toi, ma chérie. Et salue Jean-Tim de ma part.

Alisson regagna la salle de cours.
– L'égyptien, expliquait Sophie Beaulieu-Seignac, est une langue chamo-sémitique ; on peut dire aussi afro-asiatique. Mais je suppose que votre oncle vous a déjà expliqué tout cela, Alisson. Vous savez tous, bien sûr, qui a déchiffré les hiéroglyphes. Il s'agit de Champollion. Mais savez-vous comment il s'y est pris ?
Un garçon et une fille levèrent la main en même temps.
– Priorité aux demoiselles : je vous écoute.
– Il est parti de la pierre de Rosette. Il s'agit d'une pierre qui comportait trois écritures différentes. Le hiéroglyphique, le démotique et le grec. En comparant avec

le grec், qu'il connaissait bien, Champollion a réussi à reconstituer le système des hiéroglyphes.

– Parfait, mademoiselle. Je vois que nous avons des étudiants savants et passionnés, et je devine à votre léger accent que vous êtes italienne. Mais vous parlez un français parfait. Voici maintenant trois hiéroglyphes que je dessine au tableau. Merci de les copier sur votre cahier.

La directrice dessina les hiéroglyphes suivants :

Alisson s'appliqua à les reproduire avec soin sur son cahier. Elle sentait une excitation toute spéciale à entrer dans un univers totalement inconnu. Il ne l'était pas pour tout le monde, car lorsque le professeur demanda qui savait interpréter les trois signes, les deux mêmes mains que tout à l'heure se levèrent :

– Aux garçons l'honneur cette fois-ci, dit la directrice.

– Le premier est le signe de l'eau ; il se prononce *n*. Le second représente une bouche et se prononce *r*. Le troisième représente une chouette et se prononce *m*.

– Je vous félicite, c'est parfait, dit Sophie Beaulieu. À votre accent, je devine que vous êtes anglais, donc vous êtes

John Burton, de Londres, c'est exact ? Pouvez-vous me dire, John, les principaux animaux que les anciens Égyptiens utilisaient pour leurs hiéroglyphes ?

– Il y a plusieurs oiseaux comme la chouette, le canard, l'hirondelle, et un rapace dont je ne sais pas le nom en français.

– Le vautour percnoptère, dit la directrice. Est-ce bien tout ?

– Non, madame, dit l'Italienne qui avait parlé la première. Il y a aussi la caille.

– C'est exact, apprécia la directrice.

John s'empressa de reprendre la parole :

– Il y a plusieurs serpents, la vipère à cornes qui se prononce *f* ; et le cobra qui se prononce *dj*.

– C'est parfait, John. Passons donc maintenant aux signes qui représentent deux consonnes à la fois.

Sophie Beaulieu recommença à écrire des hiéroglyphes au tableau. Alisson ne vit pas le temps passer. Au bout de deux heures sans interruption, elle avait dessiné sur son cahier une bonne trentaine de hiéroglyphes. Sophie Beaulieu leur avait demandé d'écrire leur prénom, ce qui donnait, pour Alisson, en lisant de gauche à droite :

 — C'est l'heure de la pause, dit Sophie. Nous reprendrons dans quinze minutes, pour deux nouvelles heures. Vous avez des distributeurs de boissons dans le hall d'entrée. Et profitez-en pour faire connaissance. Mais peut-être y a-t-il encore une ou deux questions ?

Une main se leva sur la droite d'Alisson. Le garçon paraissait plus jeune que les autres stagiaires, et il était petit. On ne lui aurait pas donné plus de dix ans.

— Je voudrais savoir, dit-il d'une voix bégayante, euh, je voudrais savoir…

Il s'arrêta quelques instants, cherchant dans un carnet ce qu'il devait dire.

— Voilà, je voudrais savoir si c'est bien vrai que Champollion a commencé à déchiffrer les hiéroglyphes en commençant par les noms propres.

— Les noms propres, dit la directrice, ont beaucoup aidé Champollion. Vous le savez, on entourait le nom d'une famille ou d'une dynastie d'un trait continu qu'on appelle un cartouche. Champollion a pu ainsi les repérer facilement et essayer de comprendre ce qu'ils signifiaient. Êtes-vous satisfait de ma réponse, Léonard ? demanda Sophie Beaulieu.

— Très, très bien, oui, madame, bégaya le stagiaire.

La directrice prit un paquet de feuilles posées sur son bureau :

— Voici un polycopié avec les principaux signes hiéroglyphiques. Vous voudrez bien l'emporter chaque fois que nous irons sur le terrain. N'oubliez pas non plus le cahier qui vous servira à dessiner. C'est essentiel. Et maintenant, quinze minutes de pause. Nous avons encore beaucoup de travail. Merci de ne pas tarder.

Alisson se dirigea vers le distributeur de boissons, mais s'aperçut qu'elle n'avait pas d'argent égyptien.
– Je peux t'aider ? demanda une voix derrière elle.
C'était John Burton. Il était grand et musclé. Des taches de rousseur sur le visage, des cheveux qui ressemblaient à un incendie dans les blés.
– Oh, merci, dit Alisson, je n'ai pas eu le temps de changer d'argent.
– Thé au citron, café, chocolat ?
– Chocolat, merci.
– Alors, dit John, tu es Alisson, la nièce du professeur Vialassoux. Tu en as de la chance. Moi, j'ai lu tous ses livres, au moins ceux que je peux comprendre. Ça doit être passionnant de discuter avec lui.
Alisson n'osa pas avouer qu'elle ne l'avait jamais vu :
– Oui, dit-elle, mais il est souvent perdu dans ses pensées, comme tous les savants.
– J'espère qu'on va bientôt le voir, dit John. Mais avec tout ce qui lui arrive, maintenant, j'ai bien peur qu'il ne puisse pas nous donner son cours.

– Ce qui lui arrive ? demanda Alisson.
– Ne me dis pas que tu n'es pas au courant. Tu n'as pas lu le journal d'hier ? Son nom est en grand à la une. Il a découvert la tombe d'une princesse, en Haute-Égypte. Ce serait une tombe aussi importante que celle de Thout Ankh Amon, avec des trésors, de l'or, des bijoux, et tout. Vraiment tu ne savais pas ? Tu me fais marcher, il a dû t'en parler.

– Je te jure que non, dit Alisson.

– Vous parlez de la tombe de la princesse ? demanda une voix derrière eux.

Alisson reconnut la fille qui avait levé la main en même temps que John. Elle avait de grands yeux noisette, des cheveux noirs très courts.

– Je m'appelle Viviana, dit-elle. C'est passionnant cette histoire de la tombe, j'ai lu le journal hier soir, et j'en ai rêvé toute la nuit. Ton oncle t'en a parlé, Alisson ?

– Non, je vous assure, dit Alisson.

– On comprend, tu veux garder le secret pour toi. Dans le journal non plus, ils ne veulent pas trop en dire. À cause des pilleurs de tombes, bien sûr.

– Il paraît, dit John, que la bande de Kaligane est déjà sur la piste. La police égyptienne veille.

– La bande à qui ?

– Kaligane, dit Viviana, un peu étonnée qu'Alisson n'ait jamais entendu ce nom. Il est à la tête de la plus grosse mafia de pilleurs de trésors. Alors, tu parles que la découverte de ton oncle les intéresse. Ils seraient bien capables de le tuer pour s'emparer du trésor.

En tout cas, je suis contente de te rencontrer Alisson. Tu dois être forte en égyptologie, avec un oncle comme le tien. Moi, je passe tout mon temps libre à lire des livres sur l'Égypte. C'est comme ça que j'ai réussi le concours pour être au stage. Et toi, John, comment es-tu là ?

– Moi, dit John, je fais partie du club d'archéologie de mon collège, à Londres. Je suis toujours fourré au British Museum. Il y avait une place au stage, on a voté pour savoir qui viendrait. J'ai été élu.

Ils regagnèrent la salle pour la suite du cours sur les hiéroglyphes, mais Alisson eut du mal à se concentrer. Elle repensait à ce qu'elle venait d'apprendre, elle, la nièce de Jean-Tim, si mal informée sur son oncle mystérieux. Viviana et John avaient parlé du chef des pilleurs de tombes, Kalligar, non, comment déjà ? Kaligan, ou peut-être Kaligane. L'idée lui traversa soudain l'esprit : et si ce qu'elle avait vu cette nuit était un coup de ce bandit ? Viviana et John avaient dit qu'il était capable de tout. Alors, momifier une femme, et pourquoi pas lui couper la tête, ça ne devait pas lui faire peur. Alisson frissonna en songeant qu'elle avait croisé sans le savoir le plus cruel trafiquant d'antiquités. Quelle chance elle avait eue de ne pas se faire repérer ! Elle n'osait même pas imaginer ce qui lui serait arrivé si jamais ils l'avaient prise.

 John était assis derrière elle et prenait des notes, attentif. Elle déchira un petit bout de son cahier et écrivit : « John, merci pour le chocolat. Tout à l'heure, je voudrais te dire quelque chose, et à Viviana aussi. »
— Alors, Alisson, on envoie déjà des billets doux ?
— Excusez-moi, madame, dit Alisson, je le remerciais simplement de m'avoir prêté de l'argent tout à l'heure pour le distributeur.
— Cela peut attendre, Alisson. En revanche, ce qui n'attend pas, c'est la façon dont les Égyptiens précisaient le masculin et le féminin.

À la fin du cours, Alisson se retrouva avec John et Viviana. Elle ne savait pas pourquoi, mais ces deux-là lui inspiraient confiance, John, avec sa carrure de joueur de rugby et ses cheveux couleur d'incendie, Viviana, l'Italienne, toute fine, aux yeux curieux de tout. Elle qui n'avait pas de véritable ami au collège s'en trouvait déjà deux au premier jour de stage :
— Allons manger un sandwich, proposa John. J'ai repéré un vendeur en face de l'Institut.

Les sandwiches achetés, ils s'attablèrent à la terrasse d'un bar.
— Écoutez, dit Alisson, je vais vous dire quelque chose, mais vous devez jurer de ne pas le répéter, c'est un secret.

– Je ne jure jamais, dit John, mais pour tes beaux yeux, Alisson, je veux bien faire une exception.
– Promis, juré, dit Viviana, on gardera le secret.
– Alors, voilà, commença Alisson.
Et elle leur raconta les événements de la nuit.
John et Viviana ouvrirent de grands yeux.
– Es-tu sûre, demanda John, que la femme bougeait ?
– J'ai vu son bras. Ensuite, ils l'ont emportée dans un sarcophage. J'étais cachée au haut de l'escalier, ils sont passés à quelques mètres.
– Il était ouvert, ce sarcophage ?
– Fermé, bien sûr. Ils ont dû l'enfermer vivante.
– Ou ils l'ont tuée avant.
– Si ce sont des trafiquants, ils n'ont pas froid aux yeux, murmura John. Heureusement qu'ils ne t'ont pas repérée, Alisson, sinon tu ne serais plus ici pour nous raconter ça.
– Moi, dit Viviana, je ne comprends pas grand-chose à ton histoire. Tu as découvert des trafiquants, c'est sûr, mais qu'est-ce que venait faire cette femme là-dedans ? Mystère.
– Des trafiquants, ajouta John, il y en a beaucoup au Caire. Ils récupèrent les objets volés dans les tombes, ou bien ils fabriquent des faux qu'ils vendent aux touristes en leur faisant croire qu'ils les ont trouvés dans une nécropole. Ils se font beaucoup d'argent comme ça.

– Et la femme, demanda Alisson ?
– Sans doute une vengeance, dit John. Elle les a dénoncés, alors ils la tuent et font disparaître son corps en la transformant en momie.
– C'est peut-être plus compliqué, ajouta Viviana. Si elle les avait dénoncés, ils l'auraient tuée d'un coup de pistolet en pleine rue. C'est ce que fait la mafia, en Sicile. Et ça fait beaucoup réfléchir les gens qui voudraient se mêler de ce qui ne les regarde pas.
– J'ai pensé, dit Alisson, qu'il y avait peut-être un rapport avec la découverte de mon oncle.
– Possible, répondit John d'un air pensif. En tout cas, il faut éclaircir ce mystère. Ce soir, après les mastabas, on aura un peu de temps. Je propose donc qu'on te raccompagne en taxi ; on essaiera de visiter les lieux.
– Tu ferais ça ? s'inquiéta Alisson. C'est dangereux !
– J'adore visiter les maisons, les caves, les greniers. On ira voir ta cave aux mystères. Tu viens avec nous, Viviana ?
– Bien sûr, répliqua l'Italienne. Moi, je suis curieuse de nature, et les mystères, je trouve qu'ils sont faits pour être éclaircis.
– En tout cas, dit John d'un air grave, ce que tu as vu cette nuit te donne un aperçu des dangers qui menacent ton oncle depuis sa découverte. Nous devons faire très attention.

– Vous croyez, murmura Alisson, vous croyez vraiment que Jean-Tim est en danger ?

– Ce que tu peux être naïve ! s'étonna Viviana. Tu ne connais pas Kaligane ; il ne va pas lâcher le morceau, sois-en sûre. Il est à la tête d'une vraie multinationale de détournement d'antiquités. Tant qu'il n'aura pas mis la main sur les trésors de la tombe découverte par ton oncle, il n'abandonnera pas. D'ailleurs, je ne comprends pas pourquoi ton oncle a laissé les journaux s'emparer de l'information.

Décidément, ce stage s'annonçait plein de surprises. Une chose inquiétait beaucoup Alisson : ses nouveaux amis exagéraient-ils quand ils prétendaient que Jean-Tim était en danger ?

6/ L'atelier des trafiquants

Dans le bus qui les emmenait à Saqqara, au sud du Caire, Alisson était assise auprès du garçon qui avait posé la question sur Champollion. Il était très maigre, avait un air inquiet, un peu grognon. Quand il parlait, il bégayait légèrement, sûrement par timidité.

– Tu es la nièce du professeur Malassous, c'est ça ? demanda-t-il.

« Pour quelqu'un qui pose des questions futées sur l'Égypte, se dit Alisson, il ne connaît pas le nom de mon parrain. C'est étrange. » Elle s'empressa de rectifier :

 – Il s'appelle Vialassoux, Jean-Timothée Vialassoux. Je vois que tu as bien préparé ton voyage, avec toutes ces questions.
– Oui, dit le garçon. J'aime les choses précises.
– Tu as passé un concours pour venir au stage ? demanda Alisson en essayant de se montrer aimable. Tu t'appelles comment ?
– Oui, enfin, no… n, dit le garçon. Je m'appelle Léonard, je n'aime pas mon nom. Tout le monde m'appelle Nanard. J'aime mieux quand on m'appelle Léo. Le concours, euh, oui, enfin non, j'ai été élu par les gens de mon club d'égyptologie.
– En tout cas, Léo, tu fais les choses très sérieusement.
– Oui, j'aime bien préparer mes questions sur un carnet. Et j'écris aussi les réponses.
– Je peux le voir, ton carnet ?
– Non, oui, enfin, si tu y tiens, dit le garçon.
Il sortit de sa poche un carnet vert, cartonné, l'ouvrit pour le montrer à Alisson.
C'était tout rempli de questions numérotées, rédigées dans une écriture très claire, bien ronde. Léo tourna les pages, les questions étaient organisées en chapitres. Alisson eut le temps de repérer quelques titres : *Questions sur les vêtements des anciens Égyptiens. Questions sur les cataractes du Nil. Questions sur le mystère des chambres des pyramides. Questions sur les pilleurs de tombes.*

– Ben, dis donc, s'exclama Alisson. On peut dire que toi t'es un passionné ! Tu ne fais pas les choses à moitié.
– J'essaie, dit le garçon, modestement.
– Et les réponses, tu les notes ?
– Sur un autre carnet. Je mets le numéro de la question devant.
– Moi, dit Alisson, je suis d'Orléans, et toi ?
– De la Creuse. C'est un beau pays, tu connais ?
– Oh, oui ! dit Alisson en souriant. J'y vais même en vacances.
– Moi, dit Léonard, j'habite Châtelus-Malvaleix.
Alisson éclata d'un grand rire.
– Non, dit-elle, ce n'est pas vrai ! C'est là qu'habitent mes grands-parents, j'y vais tous les étés ! Tu ne peux pas savoir le nombre de promenades à vélo que me fait faire mon grand-père ! Je ne savais pas qu'il y avait un club d'égyptologie là-bas. Il est où, exactement ?
– Dans la mairie, dit précipitamment Léonard.

Descendue du minibus, Alisson retrouva ses amis John et Viviana. Le professeur Luis Velasquez regroupait ses élèves pour leur faire la présentation des mastabas avant de commencer la visite.
– Le petit, là, dit Alisson à Viviana, il s'appelle Léonard. Il a un carnet avec des centaines de questions sur tout. C'est complètement dingue. Et il note les réponses.

 – Il y en a toujours un comme ça dans une classe, dit Viviana. Comment on dit en français : un singe savant ? C'est ça ?
– Je suis sûre qu'il a une question sur l'âge qu'avait Thout Ankh Amon quand il perdit sa première dent.

Les deux filles réprimèrent un fou rire. Luis Velasquez commençait son exposé sur les mastabas de Saqqara. Alisson apprit que c'était des tombes très anciennes, faites de plusieurs chambres, qui remontaient au temps de l'Ancien Empire, au IIIe millénaire av. J.-C., comme les pyramides. Elles avaient plusieurs pièces, certaines plusieurs dizaines, où l'on enterrait le personnage important avec ses femmes, ses serviteurs, ses enfants.

– Les mastabas, dit le professeur Velasquez, sont très précieux par la qualité remarquable de leur décoration. On y trouve des scènes de chasse, des scènes de pêche sur le Nil, et bien d'autres motifs encore. Nous allons visiter le mastaba de Merérouka, qui fait 40 mètres de long et 24 de large. Attention, veillez à bien suivre le groupe, je n'ai pas envie de vous chercher dans les 32 chambres que compte ce tombeau, et je suis sûr, d'ailleurs, que vous n'aimeriez pas y être enfermés toute une nuit ! Vous admirerez le soin particulier mis dans le détail des scènes décoratives, la façon minutieuse dont sont représentés les animaux. Vous pourrez prendre des photos, mais je veux surtout que vous dessiniez sur votre cahier de croquis une ou deux des scènes que vous verrez. C'est comme cela qu'on comprend l'art des mastabas. Y a-t-il des questions ?

Viviana et Alisson se tournèrent ensemble vers Léonard, qui naturellement leva la main, et lut dans son carnet :
– Je vou... vou... drais savoir qui était Mererouka.
– C'était un prêtre qui officiait dans la pyramide de Teti, tout près d'ici. Vous remarquerez que la porte du mastaba est ouverte au sud, de façon qu'on voie bien la pyramide où le prêtre Mererouka a passé sa vie.
Léo nota quelques mots dans son carnet en hochant la tête, articula un rapide merci.
– Il m'énerve, celui-là, marmonna l'Italienne. On va l'appeler Monsieur-qui-veut-tout-savoir.
– Et maintenant, entrons, dit d'une voix forte le professeur. Mais d'abord, dans l'entrée, le défunt et son épouse vont nous accueillir puisqu'un artiste les a peints sur les montants des deux côtés. Je vous présente Mererouka, et, en face, son épouse Ouatet-Khethor.

Alisson prit quelques photos, puis contempla les superbes barques voguant sur le Nil ; elle choisit de dessiner celle qui lui parut la plus belle, avec un pêcheur à son bord, et décida d'ajouter, comme second dessin, un poisson.
– Moi, je trouve ça super, dit Viviana restée à ses côtés. On ensevelissait les gens sous la terre, mais les artistes leur apportaient des images pleines de vie et de lumière.

*

 En sortant du mastaba, Viviana et Alisson s'approchèrent de Léonard avec l'intention de le taquiner. Mais le garçon était trop occupé à attirer l'attention du professeur. Il avait visiblement d'autres questions à lui poser. Elles l'entendirent demander :

– Monsieur, est-ce qu'on va voir le mastaba de Kagemmi ?

– Hélas, non, dit le professeur. Il est fermé au public pour cause de restauration.

Le visage de Léonard se ferma. Il se mit à l'écart du groupe, mais Alisson, qui l'avait suivi, s'aperçut qu'il pleurait.

« Qu'est-ce que c'est encore que ce mystère ? » songea-t-elle.

De retour à l'Institut, John, Viviana et Alisson se retrouvèrent pour mettre au point l'expédition projetée dans l'atelier des trafiquants.

– Alisson, dit John, je suppose que Mostapha va te ramener chez lui. Va lui dire que tu viens te promener avec nous et que tu rentreras en taxi. Et n'oublie pas de lui demander l'adresse.

– En taxi ? s'étonna Alisson.

– Ben oui, c'est très pratique, et c'est beaucoup moins cher qu'à Londres. Aurais-tu peur de te perdre ?

John avait sorti un plan du Caire de sa poche. Il se

repérait facilement au milieu de toutes ces rues, entrait sans hésiter dans des endroits remplis de monde où Alisson n'aurait jamais osé mettre les pieds.  Quel type, ce John !

Ils s'arrêtèrent dans un petit restaurant et mangèrent de délicieuses brochettes servies avec des poivrons. Une fois la nuit tombée, John décida qu'il était temps de se rendre chez Mostapha.

Arrivés devant la maison, il prit la direction des opérations :

– On va se cacher, Viviana et moi, et attendre que tu nous ouvres la porte extérieure, celle qu'ils ont prise avec le sarcophage. C'est facile, il suffit que tu refasses comme l'autre nuit, et que tu trouves la serrure.

Alisson disparut dans la grande maison et se repéra sans trop de peine dans les escaliers. Elle frappa chez Mostapha où l'attendaient Fathia et ses enfants. Celle-ci voulut lui offrir à manger ; Alisson répondit que c'était déjà fait et qu'elle allait se reposer. Elle alla derrière le moucharabié pour observer la rue, et vit John et Viviana cachés dans l'ombre d'une maison.

Sans bruit, elle quitta sa chambre, ouvrit la porte qui donnait sur l'escalier intérieur, le descendit en espérant que la porte extérieure n'était pas fermée à clé. Elle l'était. Alors elle enleva les deux verrous qui fixaient l'un des battants au linteau et au sol. Il lui suffit ensuite de tirer pour ouvrir la porte. Vite, elle fit signe à ses deux amis.

 – Première partie du plan réussie, souffla John tout excité. Et maintenant, où elle est, cette cave où tu as vu ta momie ?

Alisson leur fit traverser la cour et désigna la lucarne et la fenêtre. John les observa, puis se mit à la recherche d'une porte. Il en repéra une qui semblait bien ouvrir sur la pièce, mais elle était solide et fermée à clé. Pour la forcer, il aurait fallu faire beaucoup de bruit. Il examina la serrure, constata qu'une clé était enfoncée à l'intérieur.

– Il faut pénétrer là-dedans. Et je ne vois qu'une solution, que l'un d'entre nous passe par la lucarne. Elle n'a pas de barreaux ; c'est une chance.

– Je suis la plus mince, dit Viviana. J'y vais.

Alisson leur montra la charrette qu'ils disposèrent contre le mur, John y monta et examina l'ouverture. Il n'y avait pas de carreau, mais un grillage tout rouillé qu'il défit facilement.

– À toi, Viviana, souffla-t-il. Bonne chance.

– *In bocca al lupo*, dit Viviana pour se donner du courage. C'est comme ça qu'on dit « bonne chance » en italien.

Souple comme une liane, elle se hissa sans difficulté jusqu'à l'ouverture, passa une jambe, puis l'autre et disparut dans la pièce sombre. Trente secondes après, John et Alisson entendirent la clé remuer dans la serrure. La porte s'ouvrit, ils se faufilèrent dans la pièce.

– N'allumons pas, dit John.

Il tira une lampe de sa poche et Alisson se dit qu'il avait décidément tout prévu.

– Une vraie caverne d'Ali Baba, dit John en promenant le faisceau discret de la lampe. Une porte encore, qui doit donner sur l'autre rue. Des outils, scies, marteaux. Ah, voilà la table où était ta femme momifiée, Alisson, voyons cela.

Sur la table, ils découvrirent des restes de bandelettes enroulées, prêtes à l'emploi. Le vase aussi était resté, la pâte avait séché dans le fond.

– Un mélange de résine, constata John. Ça voudrait donc dire qu'ils ont pris une empreinte.

– Donc, dit Viviana, on a peut-être tout faux. Ils n'ont pas momifié la femme, ils ont simplement pris une empreinte de son visage. Et elle doit être toujours vivante.

– Mais, objecta Alisson, ils l'ont transportée dans le sarcophage, j'étais là, à trois mètres.

– Tu l'as dit toi-même, il était fermé. On ne peut donc pas être certain que la femme s'y trouvait.

John se rallia à l'hypothèse de Viviana.

– Les trafiquants font un masque du visage de la femme, ensuite, elle s'en retourne bien tranquillement chez elle, en passant par la porte qui donne sur la rue. Alisson croit que la femme est enfermée dans le sarcophage, mais ils ont peut-être mis une fausse momie.

– Mais c'est idiot, gronda Alisson, déçue d'avoir mal interprété ce qu'elle avait vu.

 – Pas du tout, Alisson, expliqua John. Cette femme était leur complice, pas leur victime. Elle leur a prêté son visage pour faire un masque mortuaire, et ils vont tout simplement le vendre à des touristes ou à des trafiquants d'antiquités.

– Regardez, dit soudain Viviana. Éclaire par ici, John.

Un visage apparut dans le faisceau de la torche.

– C'est lui, dit John, c'est le masque qu'ils ont fabriqué à partir de l'empreinte. Il n'est pas encore sec, c'est pourquoi ils ne l'ont pas encore emporté.

La femme qui avait prêté son visage devait être très belle, car les traits du masque étaient d'une grande finesse ; la couche dorée que les faussaires avaient appliquée en faisait ressortir toute la grâce.

– Une vraie reine d'Égypte, murmura John en sifflant d'admiration.

– Ce sont donc bien des trafiquants, comme on le soupçonnait, dit Viviana. On sait ce qu'on voulait savoir.

– Alors, ne nous attardons pas ici, dit Alisson, pas très rassurée. S'ils tombaient sur nous…

Elle n'eut pas le temps de finir sa phrase, car la lumière déferla soudain dans la pièce et une voix hurla :

– Haut les mains !

Un homme avait fait irruption, revolver au poing.

7/ Une drôle de surprise

Alisson le reconnut aussitôt, c'était l'individu qu'elle avait vu la nuit d'avant en compagnie du chauffeur, elle en était certaine.
– Ne bougez pas, dit l'homme. Levez bien haut les mains. Et surtout, pas un mouvement.
Ils restèrent deux ou trois minutes les mains en l'air. Cela semblait très long. Alisson rassembla son courage :
– On peut vous expliquer, monsieur, c'est une erreur…
L'individu n'était pas d'humeur à entendre les explications. D'ailleurs des pas se firent entendre à l'extérieur. Un homme s'approcha ; une quarantaine d'années

 peut-être, cheveux courts, type européen, mais on ne pouvait pas le détailler plus, car il restait volontairement dans l'ombre.

– J'aimerais quelques explications, dit-il d'une voix sèche. Pour qui travaillez-vous ? Allons, répondez.

– Pour personne, dit John. On était venu voir, c'est tout.

– Voir quoi ? Vous pénétrez par effraction dans mon atelier pour me voler, voilà la vérité. Encore une fois, pour qui travaillez-vous ? Kaligane, je suppose ?

– Pas du tout, c'est tout le contraire. On a cru que c'était un repaire de Kaligane, alors…

– Mon atelier ! Un repaire de ce bandit ! gronda l'homme. En tout cas, vous allez vous expliquer avec la police.

– Attendez, monsieur, supplia Alisson. On s'est permis d'entrer parce que j'ai entendu des bruits.

– Des bruits ?

– Oui, cette nuit.

– C'est normal, mon adjoint y travaillait. N'est-ce pas, Kader ?

– Exactement, dit l'homme au revolver. On a fini le boulot assez tard.

– J'ai regardé par la lucarne, précisa Alisson, et j'ai cru que vous étiez en train de momifier une femme.

– Momifier une femme ? Grands dieux !

Kader éclata de rire :

– Ah, je comprends ! Vous avez dû arriver quand on passait les bandelettes !

L'homme s'avança dans la lumière et Alisson eut la vague impression d'avoir déjà vu cette tête-là quelque part.
— Et vous, demanda-t-il à John et Viviana. Qui êtes-vous ?
— Des stagiaires, dit Viviana.
Alisson continuait à fixer l'individu en cherchant où elle l'avait déjà vu. Il avait des cheveux courts, des yeux clairs, bleus, ou plutôt non, des yeux verts, avec dedans des petites taches plus sombres...
— De quel stage parlez-vous ? demanda-t-il en fronçant les sourcils.
— Ben, dit John, le stage de l'Institut français d'archéologie.
Le visage de l'homme s'éclaira :
— Mais alors, est-ce que l'une de vous deux ne serait pas... ?
— Des yeux verts avec des petits grains de pain doré ! dit soudain Alisson. C'est, c'est...
— Alisson ?
— C'est moi, oui. Et vous, vous êtes...
— Jean-Timothée, bien sûr. Ça, c'est la meilleure ! Moi qui vous prenais pour des complices de Kaligane ! Alisson, que je suis content !
Tout émue, elle se jeta dans les bras de son parrain.
— Et ne me dis pas « vous », supplia Jean-Timothée. Tu me vieillis de vingt ans. Eh bien, mes amis, ce stage d'archéologie démarre sur les chapeaux de roue, vous ne trouvez pas ?

– Je meurs de faim, pas vous ? demanda Jean-Timothée.

Il habitait à côté de l'atelier, juste dans le corps de bâtiment qui faisait face à celui de Mostapha. Alisson ne le savait pas. C'est là qu'ils se retrouvèrent pour se reposer, après toutes ces émotions. Enfouis dans des coussins, John, Viviana et Alisson se rafraîchissaient d'une bonne menthe à l'eau où tintaient des glaçons. Kader était reparti, avec pour mission d'informer Mostapha qu'Alisson dormirait chez son oncle, et de lui rapporter ses bagages.

– Une bonne crêpe, ça vous irait ? La cuisinière m'a tout préparé dans le frigo.

– On a déjà mangé, dit Alisson, mais pour t'accompagner, Jean-Tim... Attends, je vais t'aider.

Elle se sentait heureuse, épanouie, ravie d'avoir enfin trouvé son parrain, de pouvoir l'appeler Jean-Tim comme une vieille connaissance. Il était exactement comme elle l'avait rêvé, joyeux, fantaisiste, un peu Jean de la lune comme disait son père. Elle s'affaira à la cuisine avec lui. Maintenant qu'elle l'avait devant elle, ce parrain, pas question de le laisser s'éloigner, même dans la pièce d'à côté.

– Alors, dit Jean-Tim, raconte-moi un peu. Qu'est-ce que vous fichiez dans mon atelier ? Comme le Musée égyptien manque de place, son directeur m'a demandé d'y entreposer des sarcophages en attente de restauration. Et je crains tout particulièrement les voleurs. Heureusement que j'étais là, autrement Kader vous aurait emmenés tout droit à la police.

Alisson rapporta les événements de la nuit, et Jean-Tim écoutait en réchauffant les crêpes, qu'il empilait sur un plat tout en en avalant une au passage.

– Si tu as faim, ne te prive pas, dit-il.

Et Alisson l'imita, mangea, se lécha les doigts, riant intérieurement de pouvoir faire ce que ses parents n'auraient jamais permis. Ils revinrent dans la salle avec une bonne assiette de crêpes, des confitures d'orange et de citron :

– Écoutez, dit Jean-Tim, soudain très sérieux. Tout ce que tu as vu cette nuit, Alisson, c'est vrai, sauf que tu l'as mal interprété. John et Viviana t'ont aidée à y voir plus clair, et c'est très bien. Maintenant, je ne peux rien vous dire de plus, vous entendez ? Rien. Motus. Et je vous demanderai de ne rien dire à personne, pas même aux gens du stage. C'est promis ?

– Je suppose, dit John, que cela a quelque chose à voir avec la découverte ?

– Ah, vous êtes déjà au courant ? C'est vrai, bien sûr, le journal. Oui, John, ça a quelque chose à voir, mais je ne peux pas vous en dire plus. La vie de gens est en jeu, vous le savez.

– Kaligane ? osa Viviana, un peu frustrée devant les réticences de Jean-Tim.

 – Kaligane, oui, et tous ceux qui seraient très heureux de s'approprier les trésors que contient certainement la tombe.

– Écoute Jean-Tim, dit Alisson à son tour, on ne te demande rien. Simplement, est-ce vraiment une grosse découverte ?

– Très grosse, oui. Je travaille là-dessus depuis dix ans, et j'ai fini par localiser la tombe. Il y a eu une fuite dans les journaux, c'est regrettable. Quelqu'un de mon entourage aura bavardé — un ouvrier, un collaborateur, je ne sais pas. Maintenant, tout le monde est au courant, et Kaligane aussi, bien sûr. Et ce type-là ne recule devant rien.

– Tu ne peux pas nous en dire juste un petit peu plus ? Qui est dans cette tombe, par exemple ?

– C'est sans doute une princesse, une Ougaritaine, si mes recherches sont exactes.

– Une Ougaritaine, c'est quoi ?

– Les pharaons faisaient des alliances avec les petits royaumes voisins. Ils signaient un traité avec leurs rois, et les rois leur donnaient une de leurs filles qui venaient grossir les rangs des femmes. Savez-vous combien Ramsès II a eu d'épouses légitimes ? Huit, sans compter, bien sûr, les concubines. Et elles lui ont donné plus de cent enfants ! Ces mariages renforçaient les alliances. Et si jamais le roi se révoltait contre le pharaon, celui-ci exécutait la princesse. C'était très efficace !

– Tu ne nous as toujours pas dit ce qu'est une princesse ougaritaine.

– Tout simplement une femme de sang royal qui habitait à Ougarit. Cela s'appelle aujourd'hui Ras Shamra, et c'est au nord, sur la côte syrienne.  En 1929, un Français, Schaeffer, y a entrepris des fouilles. On a trouvé des tablettes d'argile qu'on a déchiffrées. Comme tu le sais, Alisson, je suis spécialiste des étrangers arrivés en Égypte. Cette princesse ougaritaine en est une. Je connais sa langue, je peux déchiffrer les inscriptions. Voilà pourquoi elle m'intéresse. Et j'ai bien hâte d'en savoir plus. Mais maintenant, nous allons reconduire John et Viviana à l'Institut; et toi, Alisson, je te garde chez moi, naturellement. Kader va rapporter tes bagages. Il vaut mieux le voir porter des valises qu'un revolver, tu ne trouves pas ?

Ils ramenèrent John et Viviana à l'Institut. Alisson vit bien que Viviana aurait aimé continuer la conversation avec Jean-Tim toute la nuit, mais cela, c'était un privilège réservé à la filleule. Et Alisson n'en était pas peu fière. Dans l'auto, sur la route du retour, elle se sentait très heureuse. Jean-Tim laissait les vitres ouvertes, l'air chaud de la nuit, la musique qui sortait de partout, toutes ces personnes qui s'agitaient comme en plein jour, l'enchantaient. Il était plus de minuit, et pourtant des petits vendeurs avaient étalé sur les trottoirs des dattes, des pastèques qu'ils proposaient aux passants. Elle aperçut un cireur de chaussures, un homme assis près

 d'un tas de babouches brodées, un jeune garçon qui vendait des oiseaux de toutes les couleurs. Un homme se tenait derrière des sacs remplis d'épices jaunes et rouges ; un autre tirait une charrette remplie de meubles branlants.

– Ce que tu es grande, Alisson, dit Jean-Tim. Je te croyais plus petite. Quel âge as-tu ?

– Treize ans, répondit Alisson, et mon père se moque de toi parce que tu connais par cœur l'âge des pharaons, alors que tu ne sais pas celui de ta filleule !

– J'essaierai de m'en souvenir, dit Jean-Tim d'un air offensé. Je ne t'ai pas souvent envoyé de cadeaux pour tes anniversaires.

– Tu veux dire que tu ne m'en as JAMAIS envoyé. Ça m'aurait pourtant fait plaisir de recevoir une bague, un collier ou une petite statuette, rien que pour embêter une copine qui a tout vu et croit tout savoir. Mais, maintenant, tout ça est réparé, avec ce stage.

Ils se turent. Jean-Tim était reparti dans ses rêveries. Alisson se garda bien de le déranger ; elle soupçonnait qui il avait retrouvé dans ses rêveries : la princesse ougaritaine.

Au bout de quelques minutes, elle n'y tint plus :

– Dis-moi, Jean-Tim, comment elle s'appelle ? Ça tu peux bien me le dire.

– Mais je ne suis pas marié, ni même fiancé, Alisson. Comment veux-tu que je te dise son nom !

— Je ne parlais pas de ça, corrigea Alisson. Je parlais de ta princesse, la petite reine ougaritaine.

Jean-Tim éclata de rire.

— Excuse-moi, Alisson, mais tu m'embrouilles. Ma princesse, comme tu dis, je ne saurai vraiment son nom que lorsque nous serons entrés dans son tombeau où elle dort depuis trente-trois siècles. Elle nous attend, nous allons la réveiller, doucement, confier son image aux gens, et, j'espère bien, raconter son histoire. D'après les documents que j'ai trouvés à Ougarit et ailleurs, il s'agit d'une princesse de sang royal qui avait à peu près ton âge, peut-être quinze ans, quand son père l'envoya en Égypte pour qu'elle devienne la femme de Ramsès II.

— Si jeune ! s'exclama Alisson.

— Oui, murmura Jean-Tim, elle a tout quitté, ses parents, sa ville — une belle ville, Ougarit, tu sais — située face à la mer. On lui aura sans doute permis d'emmener avec elle quelques servantes, un ou deux ânes, et bien sûr, le roi son père a ajouté dans la caravane de belles pièces d'or exigées par le grand Ramsès.

Alisson se tut, emportée dans son rêve vers la jeune princesse ougaritaine. Elle crut un moment entrevoir son visage, comme s'il remontait du fond des âges, et apparaissait derrière la brume de son esprit.

— Crois-tu, Jean-Tim, qu'elle a été heureuse ?

— Autant que pouvait l'être une jeune princesse quittant son pays sur ordre de son père pour épouser le plus

 grand roi du monde, Alisson. Pour l'instant, je n'en sais pas plus.

Arrivés chez Jean-Tim, ils burent un peu de carcadet, avant d'aller dormir. Alisson traînassait, elle avait encore tellement de choses à dire.

– Jean-Tim, demanda-t-elle, tu ne t'es pas marié ?
– J'y ai songé, Alisson ; j'ai même essayé de vivre avec une femme. Mais Néfertiti et Néfertari, sans compter les princesses ougaritaines, me volaient trop de temps. Elle a été jalouse et m'a quitté.
– Est-ce que tu regrettes ?
Il eut une moue rêveuse :
– Je ne sais pas, murmura-t-il. Depuis que je t'ai vue, je me dis que j'aimerais bien avoir une fille comme toi. Mais assez discuté, il faut dormir. Quel est le programme pour demain ?
– Visite aux momies du musée ; et l'après-midi, les pyramides de Gizeh.

Toute la nuit, Alisson fit des rêves d'une douceur incroyable. Elle était amie avec la princesse, elles vivaient toutes les deux, se baignaient dans des bassins entourés d'orangers et d'hibiscus, riaient. Ce n'était pas encore le temps de l'Égypte et de la cour de Ramsès, non. Dans son rêve, Alisson se voyait distinctement dans la ville d'Ougarit qu'elle ne connaissait pas, et la jeune princesse la tenait par la main pour lui faire découvrir tous les recoins et les caches du palais, les terrasses d'où l'on voyait la mer, les oiseaux qui planaient au-dessus des vagues. Il fallut que Jean-Tim vienne la secouer dans sa chambre pour qu'elle se réveille. Elle prit la tasse de chocolat qu'il lui avait préparée, les yeux encore pleins de sommeil.

– As-tu fait de beaux rêves, Alisson ?

– J'ai rêvé de la princesse ougaritaine. Sais-tu le plus formidable ? Elle me tenait par la main, on se promenait dans son royaume, elle me parlait sa langue, tu sais, l'ougaritique, et je comprenais tout ce qu'elle disait. C'est formidable un rêve : tu parles une langue que tu n'as jamais apprise. C'est comme rêver qu'on vole avec les oiseaux.

8/ La salle des momies

Dans la voiture de Jean-Tim qui la conduisait au Musée égyptien, Alisson se sentait un peu tendue en pensant aux célèbres momies. Les pharaons avaient régné sur l'Égypte, et fait trembler le monde entier. Maintenant ils dormaient là, dans leurs habits d'éternité fabriqués par leurs embaumeurs. N'importe quel touriste pouvait les approcher et les regarder dans leur sommeil alors que de leur vivant, on n'aurait même pas osé lever les yeux vers eux. Qui eût prétendu soutenir le regard de Ramsès, le fils du dieu Soleil, sans craindre d'être réduit en cendres ?

 Alisson compta rapidement dans sa tête : elle allait voir le corps momifié d'un homme qui avait vécu plus de 3 200 ans avant elle. Elle avait beaucoup lu sur la façon dont on embaumait les morts, mais jamais elle ne s'était trouvée en présence d'une momie. Elle avait le sentiment que quelque chose d'important allait survenir, comme si la rencontre avec le grand pharaon allait décider de sa vie. Et dans son cœur, une voix chuchotait : « Regarde bien, Alisson, l'homme que tu vas rencontrer est celui qui m'a épousée quand j'avais à peine quinze ans. J'ai quitté mon pays sur ordre de mon père pour devenir sa femme. Observe-le bien, ce grand roi, et tu vas commencer à comprendre mon histoire. Il y a trente-trois siècles entre toi, jeune française du XXIe siècle, et moi, la princesse ougaritaine. Mais trente-trois siècles, ce n'est rien. Il suffit que tu penses à moi et ton esprit va effacer le temps. Je vais germer en toi, exactement comme les grains de blé trouvés dans la tombe de Ramsès ont produit des épis quand on les a semés 3 000 ans après. »

— À quoi rêves-tu, Alisson ? Tu parais bien songeuse, demanda Jean-Tim tandis que l'auto patientait à un carrefour encombré de dizaines de voitures indisciplinées.

— Euh, à rien, répondit Alisson.

L'amitié qui était en train de naître entre elle et la petite princesse ougaritaine s'installait tranquillement dans son cœur. Elle ne voulait la partager avec personne.

– Je dois rester discret à cause de Kaligane, confia soudain Jean-Tim, c'est pourquoi je n'ai pas voulu trop parler devant tes amis.  Mais à toi, ma filleule, je peux le dire. Je crois bien que la princesse dont j'ai trouvé la tombe s'appelait Bat-Yarik. Elle était la fille du grand roi d'Ougarit Ammistamrou II. Mais je te raconterai son histoire une autre fois, on arrive au musée.

– Bat-Yarik, murmura doucement Alisson. Princesse Bat-Yarik, mon amie.

– Yarik est un des noms qu'on donnait à la lune. Bat-Yarik veut dire « fille de la lune », commenta Jean-Tim. La lune était une divinité très importante à Ougarit. On la personnifiait tantôt au masculin, par exemple en l'appelant *Yarik*, tantôt au féminin, en l'appelant *Nikkal*, ce qui veut dire « la grande dame ». Les archéologues ont retrouvé dans les ruines des poèmes sur la lune, vieux de plusieurs milliers d'années.

C'est Nikkal que je chante, récita Jean-Tim d'un air inspiré, tout en cherchant un endroit pour garer sa voiture. *C'est Nikkal la grande dame que je chante. Au coucher du soleil, Yarik s'enflammera…*

– C'est beau, dit Alisson.

Mostapha qui avait en charge l'organisation du stage avait très bien préparé la visite. La salle 55 du premier étage, qui abritait les momies, avait été réservée. On avait placé des barrières à l'entrée pour que les touristes

 ne viennent pas déranger les stagiaires. Le professeur Beaulieu-Seignac disposait de tout son temps pour leur parler de Ramsès II, de son règne, et raconter les avatars survenus à sa momie.

— Mais d'abord, ordonna-t-elle, prenez donc un quart d'heure pour regarder, et n'oubliez pas de noter les questions que vous aimeriez me poser.

Viviana donna un discret coup de coude à Alisson pour lui faire remarquer Léonard déjà penché sur les pages de son carnet. Toutes deux s'approchèrent des protections de verre entourant la momie. Ramsès dormait, les deux mains ramassées sur sa poitrine, croisées à la hauteur des avant-bras. Ses cheveux blancs étaient soyeux et souples, comme si quelqu'un venait de les peigner. Ses orbites étaient creuses ; son visage osseux laissait entrevoir un visage austère. Cet homme-là avait dû être autoritaire, sans pitié. Mais il dormait en paix, Ramsès ; les embaumeurs avaient effacé toute trace de lutte, d'agonie.

— Tout d'abord, commença Sophie Beaulieu-Seignac, sachez que le royaume d'Égypte était en fête quand survint la mort de Ramsès II. En effet, la grande inondation avait commencé, et avec elle on célébrait la fête du nouvel an, ou fête d'Opet, qui durait vingt-trois jours. Grâce aux pluies tombées dans les régions lointaines de ses sources, le Nil s'était gonflé et sortait de ses rives, envahissant les champs des paysans. Les eaux charriaient un bon limon de terre rouge, très fertile, qui allait rester lorsque les eaux se retireraient. Grâce à l'inondation, les cultures de l'année seraient belles. On chantait,  on dansait pour remercier les dieux. Les gens allaient et venaient sur de petites barques. Ils s'interpellaient, ils riaient. Partout brûlaient de petites lampes qui reflétaient leurs flammes dans l'eau comme des milliers d'étoiles.

C'est alors que la nouvelle se répandit, aussi rapide que le vent courant sur les eaux : Ramsès le Grand venait de s'éteindre, dans sa quatre-vingt-huitième année.

Viviana, Alisson et John se tenaient côte à côte, observant le corps momifié de ce Ramsès dont Sophie Beaulieu leur racontait les derniers jours comme si elle les avait vécus. Elle expliquait maintenant que les cheveux de Ramsès, devenus blancs avec l'âge, étaient très certainement roux, ce qui faisait du pharaon un fils de Seth, le dieu du Désert, avec les sables jaunes, ocre et roux.

Alisson écoutait les explications savantes, étonnée de se retrouver si près de celui qui avait été un dieu vivant et que les élèves du stage entouraient de façon aussi familière, s'intéressant à la couleur de ses cheveux, à la forme de son nez, à la couleur de sa peau (« il devait être blanc, dit le professeur, comme aujourd'hui les Berbères de l'Afrique du Nord »). L'idée saugrenue que la momie allait soudain se réveiller pour féliciter le professeur Beaulieu-Seignac la fit sourire. Elle se concentra pour ne rien perdre des explications. Levant les yeux, elle observa

 un court instant le groupe de touristes qui attendaient de pouvoir entrer dans la salle ; il lui sembla alors apercevoir un visage familier, celui d'Angelika, Angelika avec un joli chapeau bleu sur la tête.

« Le monde est petit, songea-t-elle. Tout le monde se retrouve dans les mêmes endroits. Peut-être que je vais pouvoir la saluer tout à l'heure. »

Le professeur Beaulieu-Seignac expliquait maintenant le travail des embaumeurs, la façon de retirer le cerveau, le foie, les reins. Une fois embaumé, le cœur avait été replacé dans la poitrine et attaché au squelette par un anneau d'or. On avait lavé les chairs au natron, une substance salée. Du poivre avait été mis dans son nez, et des herbes médicinales dans sa poitrine. Comment savait-on tout cela ? En examinant la momie lorsqu'elle avait dû être transportée en France, pour être soignée d'un champignon qui la détruisait. Ensuite, les prêtres avaient emmailloté la momie, mis des bagues à ses doigts, des dés en or qu'on appelle des doigtiers à leurs extrémités, un bandeau d'or autour de sa tête, et enfin le grand masque d'or. Les femmes de Ramsès entourèrent le corps de guirlandes. Il était prêt pour être enseveli dans un premier sarcophage d'or pur, puis dans un deuxième et un troisième fait de bois plaqué d'or.

– Vous comprendrez pourquoi, ajouta cyniquement le professeur Beaulieu, la momie de Ramsès allait très vite intéresser les pilleurs de tombes !

Ramsès avait été momifié dans la ville qu'il avait fait construire en son honneur dans le delta du Nil : Pi-Ramsès.  De là, un long cortège fait de nombreuses barques remonta le fleuve pour conduire la momie à sa dernière demeure, jusqu'à Thèbes. Sur des bateaux s'entassaient les bijoux, les vases précieux, le mobilier de prix. Il fallait que le pharaon ne manque de rien quand il passerait chez les morts, dans la grande prairie de la vache Hathor, comme disaient les Égyptiens.

Sophie Beaulieu agita un paquet de photocopies :
– Voici le plan de la tombe du pharaon. Il s'agit, vous le constaterez, d'une syringe, de plus de 60 mètres de long. Quelqu'un saurait-il me dire ce qu'est une syringe ?

Aussitôt John et Viviana levèrent la main :
– Il s'agit, dit John, d'une tombe très allongée, en forme de tunnel ou de roseau, d'où son nom, car syringe, en grec, veut dire roseau ou tunnel.

– Parfait, John, apprécia le professeur. Au bout du long couloir, on aménagea des pièces spacieuses pour recevoir le sarcophage et tout le mobilier funéraire. On n'oublia pas, bien sûr, de poser des centaines de petites statuettes qui représentaient les serviteurs. Ils allaient continuer à servir le pharaon dans le pays des morts, car telle était la croyance des Égyptiens. Ces petites statuettes s'appellent des ?

– Des chaouabtis, dit Viviana.

 « Ils savent tout, ces deux-là, pensa Alisson avec une pointe de jalousie. J'ai l'air de quoi, moi, la nièce de Jean-Tim ? Pas même capable de répondre à la moindre question ! »

– Des chaouabtis, parfaitement, apprécia le professeur. On dit encore des ouchebtis.

Les touristes commençaient à s'impatienter en voyant que la salle leur était toujours interdite, mais cela ne semblait pas déranger le professeur qui déclara :

– Je dois maintenant aborder une page plus sombre de l'histoire, avec les pilleurs de tombe. Il ne fallut pas longtemps pour que des bandes organisées repèrent la sépulture et s'attaquent à la momie pour voler l'or. On était au temps de Ramsès IX. Des pilleurs s'introduisirent dans la tombe, volèrent les sarcophages, démaillotèrent la momie pour lui voler tous ses objets précieux.

Alisson n'entendit plus la suite, car son regard venait de se poser sur un homme qu'elle était certaine d'avoir déjà vu. Il avait un type égyptien, cheveux très foncés, un peu huileux, yeux noirs, sourcils abondants. Plus Alisson s'efforçait de se rappeler où elle l'avait déjà rencontré, moins elle y parvenait. Son oreille captait les paroles de Sophie Beaulieu qui parlait maintenant du voyage de la momie à Paris pour y être soignée par des scientifiques français. Mais le visage de l'homme l'intriguait. Il se tenait appuyé contre l'un des montants de la porte, à gauche des touristes qu'il dominait d'une bonne tête. « Il se fait passer pour un touriste, songea Alisson, mais ce n'en est pas un, et je suis sûre de l'avoir déjà vu, mais où donc bon sang ? »

– Alisson, demanda soudain Sophie Beaulieu, vous êtes toujours bien avec nous ? Nous sommes en train de soigner la momie de Ramsès à Paris.

– Euh, oui, madame, parfaitement, simula Alisson.

Et soudain, la mémoire lui revint. C'était l'homme qu'elle avait entrevu à l'aéroport tandis qu'elle attendait Jean-Tim. Leurs regards s'étaient croisés, elle avait cru un instant qu'il venait vers elle, mais il avait disparu dans la foule. C'était un de ces regards très vifs, envoûtants, qu'on n'oublie pas. Et la lumière se fit immédiatement dans la tête d'Alisson. Cet homme-là la suivait, la surveillait, et s'il le faisait, c'est parce qu'il s'intéressait de près à la nièce du professeur Jean-Timothée Vialassoux qui venait de faire la découverte sensationnelle d'une tombe !

Alisson recula légèrement de façon à se cacher derrière les larges épaules de John qui se tenait auprès de Viviana. Elle lui toucha le bras mais il lui fit signe de se taire. La directrice était en train d'expliquer que la grande égyptologue, Christiane Desroches-Noblecourt, avait fait soigner la momie de Ramsès à Paris en 1976. Un avion militaire avait atterri au Bourget où attendait la garde militaire chargée de saluer la momie comme un vrai chef d'État. On la transporta au musée de l'Homme où des scientifiques purent l'examiner et la radiographier. On

 découvrit la maladie : un champignon microscopique qui décomposait les bandelettes et les chairs. Ramsès fut traité avec des rayons qui tuèrent le champignon. Il put alors tranquillement rentrer en Égypte.

– Voilà, mesdemoiselles et messieurs, conclut Sophie Beaulieu. Je terminerai en vous disant que les radios faites sur la momie ont montré que Ramsès avait une très mauvaise dentition, et qu'il avait dû beaucoup souffrir de rages de dents.

Alisson toucha de nouveau le bras de John :

– Kaligane, murmura-t-elle.

Viviana et John se retournèrent vers leur amie :

– Quoi, Kaligane ? Que veux-tu dire ?

– Il est là, il me surveille, murmura Alisson paniquée. J'en suis sûre. Il était à l'aéroport et je l'ai reconnu. C'est lui, le grand type là-bas contre la porte.

– Tu en es sûre ? demanda Viviana.

– Certaine. C'est lui, il me surveille.

L'homme s'était rendu compte qu'ils parlaient de lui, car il disparut.

– Ne le laissons pas filer, dit John.

Il partit d'un pas vif derrière l'individu, suivi de Viviana et Alisson. Dans le couloir du second étage, l'homme se retourna et se mit à courir, mais John engagea aussitôt la poursuite. John slalomait entre les visiteurs, bouscula un homme qui tomba par terre en hurlant, faillit se fracasser contre une porte de verre qu'il

avait vue trop tard. L'autre dévala les escaliers, passa la porte du musée et se retrouva dehors, toujours suivi de John qui ne perdait pas un pouce de terrain.
Ils couraient maintenant dans une rue noire de monde, et l'homme, voyant qu'il n'arrivait pas à semer John, tourna brusquement dans une ruelle. Malheureusement pour lui, il n'avait pas prévu que c'était une impasse. Le dos contre le mur, il attendit son adversaire :
– Tu es pris, cria John.
Mais au moment où John s'apprêtait à le ceinturer, l'homme, en vrai karatéka, lui décocha un terrible coup de pied au visage. John vacilla, sentit le sang gicler de son nez. Il plongea dans les pieds de son adversaire qui tomba à terre. Mais celui-ci, d'un superbe direct, envoya John dans un trou noir.

9/ Danger aux pyramides

– John, John, tu entends ? Réponds, tu nous entends ?

Alisson et Viviana étaient penchées sur leur ami allongé dans la ruelle. Le sang coulait abondamment de son nez. Il était sérieusement sonné et avait du mal à retrouver ses esprits.

– Faudrait une ambulance.

Un coiffeur sortit de sa boutique et renversa une cuvette d'eau sur John qui revint à lui. Il porta la main à son crâne, remua la tête à droite, à gauche pour s'assurer que rien n'était cassé.

– *My God,* articula-t-il.

 — Est-ce que ça va, John ? On va t'emmener à l'hôpital.
— *No, no*, émit John. C'est un super K.-O. Ce type-là est un vrai champion. Mais si je le rattrape, gare à lui. Je me méfierai cette fois.

Aidé par ses deux amies, John se remit sur ses jambes et put revenir au musée où Sophie Beaulieu et Mostapha les attendaient :

— Qu'est-ce qui s'est passé ? Est-ce que tout va bien, John ?

On conduisit le blessé dans la salle des surveillants pour s'occuper de ses blessures. On lui fit boire du café. Jean-Tim qui se trouvait encore dans le musée avait été averti. Alisson lui raconta ce qui s'était passé.

— Ce type-là était à l'aéroport, Jean-Tim, j'en suis certaine. C'est Kaligane, ou un complice. Ils savent que je suis ta nièce, ils veulent m'enlever pour te faire chanter, et tu seras obligé de leur révéler l'endroit de la tombe.

Jean-Tim était visiblement soucieux.

— Tu as sans doute raison, Alisson. Il va falloir se méfier. Et tout d'abord, je vous interdis, toutes les deux, de prendre la moindre initiative, c'est compris ? Vous devez me prévenir dès que vous voyez quelque chose de suspect. Ces types-là n'hésiteraient pas à tuer pour voler un malheureux bijou. Ce sont des professionnels, ne l'oubliez pas.

— Des pros, c'est certain, murmura John. Je suis champion de karaté de mon collège. Pour m'envoyer son pied dans la figure comme il l'a fait, il faut pas mal d'entraînement !

Le lendemain, John était à peu près remis. Seul un gros sparadrap ornait son nez. Mostapha l'avait emmené passer une radio à l'hôpital, il n'avait rien de cassé. Jean-Tim lui demanda s'il préférait se reposer plutôt que de se rendre aux pyramides, mais il refusa. Dans le bus qui les y conduisait, Alisson s'assit auprès de lui.
– Comment ça va, ce matin ?
– Parfait, ne t'inquiète pas. Mais si je le retrouve, celui-là, il passera un mauvais quart d'heure !
– Méfie-toi, John. Ce sont des tueurs !

Les pyramides de Kephren, de Kheops et de Mykérinos se dressèrent bientôt devant eux, majestueuses. Alisson avait du mal à évaluer leur hauteur, mais à voir les gens aller et venir tout autour comme des fourmis, elle se dit qu'elles étaient décidément énormes. Comment avaient-ils pu construire tout cela, 2 500 ans av. J.-C. ? Le professeur Luis Velasquez qui les accompagnait se chargea de les renseigner. Il s'abritait sous une superbe ombrelle verte pour se protéger du soleil et leur conseilla de se couvrir la tête. Viviana avait un joli chapeau aux couleurs de l'Italie qu'Alisson s'empressa d'immortaliser en photographiant son amie. Ils s'assirent en rond sur le sable et sortirent leurs cahiers. Avant même que le professeur ne commence, Léonard, toujours inquiet, avait déjà levé la main. Le professeur lui donna aimablement la parole :

– Est-il vrai, demanda Léonard en lisant son carnet, est-il vrai que les pierres pour construire les pyramides venaient de très loin ? Et alors, comment, euh, comment ils faisaient pour les transporter ?

– On pense, répondit Luis Velasquez, que les pierres calcaires qui sont à l'intérieur ont été extraites ici même. Mais il est vrai que les granits venaient d'Assouan, à 900 kilomètres d'ici. On les transportait sur des bateaux.

– Et comment, comment ils faisaient pour les monter si haut ? continua Léonard qui n'en finissait pas de bégayer en consultant son carnet.

– Il m'énerve, il m'énerve celui-là, ronchonnait Viviana à l'oreille d'Alisson. Il ne se rend pas compte qu'il embête tout le monde avec ses questions. Il va falloir s'occuper de ce *pignolo*.

– C'est quoi, un *pignolo* ? s'enquit Alisson.

– Un *pignolo*, en italien, c'est un pinailleur, quelqu'un qui vous casse les pieds à force de discuter.

Le professeur Velasquez répondit que le mieux était de commencer par le début, ce qu'il se proposait de faire, si du moins Léonard voulait bien le laisser parler. Léonard rougit et se tut aussitôt. Le professeur espagnol leur rappela que la plus haute des pyramides, celle de Khéops, mesurait à l'origine quelque 146 mètres. Elle avait été construite entre 2 600 et 2 500 ans av. J.-C.

pour servir de tombeau au pharaon qui portait ce nom. Il s'étendit sur la technique qui consista à assembler plus de deux millions de gros blocs pour la seule pyramide de Kheops.  Les ouvriers tiraient des poids de plusieurs tonnes en s'aidant certainement de rouleaux. Et les architectes avaient inventé des rampes de terre dont l'inclinaison n'était pas trop importante. Il expliqua encore comment les ingénieurs avaient imaginé la façon d'avoir une base totalement horizontale, pour éviter ensuite des gros défauts dans la construction. Ils avaient creusé un immense fossé autour de l'emplacement choisi, s'étaient servis d'argile pour le rendre étanche et y avaient versé de l'eau. L'eau, en s'étalant, désignait un niveau parfaitement horizontal. Il restait à aligner sur le niveau de l'eau les blocs qui servaient d'assise.

Le professeur Velasquez s'arrêta et Alisson pensa que la leçon était terminée, mais il leur réservait une belle surprise en leur annonçant qu'ils allaient visiter l'intérieur de la pyramide sans faire la queue. Il les conduisit donc à l'entrée d'un couloir devant laquelle une foule de touristes attendait. Il salua les gardiens qui firent aussitôt passer les stagiaires :

– C'est chouette de visiter avec un scientifique, dit Alisson. On passe devant tout le monde !

La fraîcheur les surprit dès qu'ils entrèrent dans le couloir conduisant à la grande galerie, un endroit assez

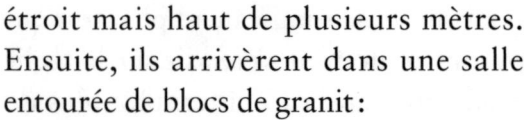 étroit mais haut de plusieurs mètres. Ensuite, ils arrivèrent dans une salle entourée de blocs de granit :
— Vous êtes ici dans la chambre funéraire du pharaon, dit Luis Velasquez. Chacun des quatorze blocs qui forment le plafond fait plus de trente tonnes. Remarquez le sarcophage de granit où l'on avait mis la momie, disparue de nos jours. Voyez aussi, au niveau de vos hanches, l'entrée de ces petits conduits, qui rejoignent l'air libre : sans doute des bouches d'aération. Au-dessous de vous, se trouve la chambre de la Dame, la femme du pharaon, que nous visiterons tout à l'heure. Avec la grande galerie, ce sont les trois cavités que les archéologues ont retrouvées jusqu'à maintenant. Mais des recherches sont en cours pour essayer de voir s'il n'y aurait pas une chambre secrète, où l'on aurait caché les bijoux, les pierres précieuses et l'or, pour tromper les pillards. Les savants se disputent beaucoup à propos de son existence. Peut-être finira-t-on par percer le secret un jour.

En sortant de la pyramide, Alisson sentit la chaleur du jour reprendre possession de son corps. Elle remit ses lunettes de soleil car la lumière lui brûlait les yeux. Elle ne se sentait pas très à son aise dans ces couloirs entourés de millions de tonnes de pierre et préférait le désert qu'elle voyait pour la première fois, immense étendue ocre jaune, ridée de quelques dunes, qui lui paraissait si étrange. En France, les paysages lui étaient indifférents, sans doute parce qu'ils lui étaient familiers. Mais avec le désert, Alisson se trouvait devant quelque chose qui la fascinait.  Cette étendue monotone s'offrait au regard jusqu'à l'horizon, et pourtant Alisson se disait qu'une force obscure s'y cachait, y respirait, une force qui dans son imagination prenait la forme d'un grand serpent invisible ou d'un dragon capable de déclencher la tempête d'un seul souffle.

Autour des pyramides, les touristes s'agitaient joyeusement. Des Égyptiens louaient même des chevaux et des dromadaires aux gens désireux de faire une balade. Le professeur accorda aux stagiaires deux heures de liberté. Viviana, John et Alisson se dirigèrent vers l'endroit où les dromadaires étaient baraqués. Très excitée à l'idée de monter pour la première fois sur un dromadaire, Alisson se mit à attendre son tour avec ses amis quand une main se posa sur son épaule ; elle se retourna.

– Angelika !
– Alisson. Je suis contente de te revoir. Que fais-tu par ici ?
– On pensait faire un tour en dromadaire, répondit Alisson. Voici John et Viviana.
– Bonjour, bonjour, mes enfants, dit la souriante mamie. Positivement charmants tes amis, Alisson. Et ce stage ? Raconte-moi. Est-ce que ça te plaît, au moins ?
– Passionnant.

 – On parle beaucoup de ton oncle dans le journal, tu le sais sans doute ?
– Oui, à cause de cette tombe qu'il a découverte. Mais c'est un secret, chut.
– Un secret, je te comprends, ma petite. Il ne faut pas mettre ton oncle en danger en bavardant trop, même avec une vieille mamie comme moi. Mais j'ai très soif avec ce soleil, que dirais-tu de boire une orangeade ? Il y a un marchand là-bas, je t'invite. Tes amis vont garder notre tour pour le dromadaire.

Elles s'éloignèrent toutes les deux et Angelika acheta deux orangeades à un marchand ambulant. Alisson adorait cette mamie, toujours aussi agréable. Elle ignorait à ce moment qu'un très gros danger la guettait.

10/ Merci, Angelika!

Alisson et Angelika revenaient tranquillement vers John et Viviana en buvant leur orangeade quand soudain Angelika hurla :
— Attention !
Vive comme l'éclair, la mamie poussa violemment Alisson qui trébucha et alla s'étaler quelques mètres plus loin tandis qu'un cheval fou passait exactement où elle se trouvait une seconde auparavant.
— Assassin, hurla Angelika en tendant le poing vers le cavalier qui s'éloignait au grand galop, après avoir manqué son coup.
Elle se précipita pour aider Alisson à se relever.

– Il fonçait droit sur toi. Si je n'avais pas tourné la tête, il t'aurait renversée.
– Qu'est-ce qu'il voulait ? murmura Alisson, à demi assommée.
– Te tuer, Alisson ; ça ne fait aucun doute. Le cheval t'aurait piétinée. J'ai pu te tirer de son chemin, mais si je n'avais pas été là...

Se rendant compte qu'elle venait d'échapper à la mort, Alisson se mit à trembler de tous ses membres. Elle ne comprenait pas cet acharnement contre elle. D'abord l'homme au musée, et maintenant, ce cheval fou lancé pour la renverser.

– Il faut en parler à ton oncle, Alisson. C'est trop grave. Avertissons tes deux amis qu'il n'est pas question de faire du dromadaire. Tu dois te reposer.

Alisson, en larmes, se réfugia dans les bras d'Angelika.

– Allons, allons, c'est fini maintenant, reprends-toi. Et parles-en à ton oncle. Il faut absolument veiller sur toi. Ce cavalier avait juré de te tuer, ça ne fait aucun doute.

– Je n'ai rien fait, sanglota Alisson. C'est injuste.

– Tu n'as rien fait, non. Seulement, tu es la nièce du professeur, et les pilleurs de tombes le savent.

– Sans toi, Angelika, je serais morte. Comment te remercier ?

– Oublions cela, si tu veux bien. L'important est que j'aie réussi à te sauver. Je bénis le ciel d'avoir été là au bon moment.

*

John et Viviana n'avaient rien vu de la scène. Angelika la leur raconta en présence d'Alisson encore trop émue pour parler.

– Et veillez bien sur votre amie, recommanda la mamie. Il y a des gens qui lui en veulent, c'est clair. Où allez-vous après Le Caire ?

– À Abydos, demain. Ensuite nous serons à Karnak, à Thèbes et à Louxor, répondit Viviana.

– Alors, on s'y retrouvera, dit Angelika. Les chemins des touristes finissent toujours par se recouper. J'essaierai de vous revoir là-bas.

Les quatre amis se retrouvèrent le soir chez Jean-Tim qui avait invité aussi Mostapha, sa femme et leurs trois enfants, ainsi que Sophie Beaulieu-Seignac. Fathia, la femme de Mostapha, était partie à la cuisine et préparait des petits plats alléchants.

Sophie Beaulieu et Jean-Tim écoutèrent avec attention le récit de l'accident. L'heure était à la gravité :

– Essaie de te rappeler exactement ce qui s'est passé, recommanda Jean-Tim. Raconte sans te presser, le plus petit détail peut être important.

Alisson rapporta l'incident qui, sans l'intervention providentielle d'Angelika, aurait pu lui coûter la vie.

– Mais recommence avant, si tu veux bien, dit Sophie Beaulieu.

 – Eh bien, avant, j'avais senti une main sur mon épaule, juste en sortant de la pyramide. C'était Angelika, la personne à qui mes parents m'ont confiée pour le voyage en avion. J'avais déjà cru la reconnaître dans le groupe de touristes qui attendait devant la salle des momies, mais je n'avais pas eu le temps de lui parler. Je lui ai présenté John et Viviana, puis on les a quittés pour acheter des orangeades. C'est au retour que ça s'est produit. Angelika a vu le cheval foncer droit sur moi. Elle m'a poussée violemment et je suis allée m'étaler par terre à quelques mètres.

– Ce que je ne comprends pas, s'étonna Viviana, c'est quel intérêt ils ont à te vouloir du mal, Alisson.

– Je suis la nièce de Jean-Tim.

– Justement. S'ils veulent des renseignements, ils n'ont pas intérêt à te tuer, au contraire. Comment te feraient-ils parler ?

– Ce que dit Viviana n'est pas faux, remarqua Sophie Beaulieu. Mais il y a d'autres hypothèses. Par exemple, tenter de faire pression sur Jean-Tim à travers toi.

– De toute façon, conclut Jean-Tim, tu dois une fière chandelle à cette mamie. Je suppose que tu l'as bien remerciée.

– Oh, oui, dit Alisson encore tout émue. D'ailleurs, j'espère bien la revoir. Elle sera en même temps que nous à Louxor.

La cuisine de Fathia contribua à faire oublier cette journée qui aurait pu se terminer si mal. On goûta aux petits pâtés salés qu'elle avait si bien cuisinés. On buvait du carcadet et des limonades. Les trois enfants de Fathia ne quittaient pas Léonard qui leur montrait des petits tours de magie.  La nuit était tombée sur Le Caire, on entendit l'appel à la prière ; un air très doux entrait à flots par les fenêtres grandes ouvertes. Sophie Beaulieu était une femme très agréable, dont Alisson admirait le sérieux, l'élégance et la science. Elle discuta longtemps technique de fouilles avec Jean-Timothée. La tombe de la princesse ougaritaine rôdait dans leur conversation, mais ils prenaient bien soin tous les deux de ne lâcher aucun renseignement devant les autres convives. Ensuite, Jean-Tim décida de chanter.

– Des chants du temps où j'allais en colonie de vacances, sourit-il. C'est la venue de ma filleule qui me donne la nostalgie de mon enfance. À ton âge, Alisson, sais-tu ce que je voulais faire dans la vie ?

– Archéologue, bien sûr, répondit Alisson. Exactement comme moi.

Sophie Beaulieu applaudit :

– Une nouvelle égyptologue ! Voilà au moins un premier résultat de ce stage. Et n'oublions pas de remercier Fathia pour cette superbe cuisine ainsi que Mostapha pour son organisation impeccable.

– Et pensons à aller dormir, ajouta Jean-Tim. Demain, vous partez de bonne heure. Moi, j'ai encore des affaires à régler au ministère. Je vous rejoindrai en auto avec Luis Velasquez.

Sophie Beaulieu prit congé, non sans rappeler à Alisson qu'il serait peut-être utile d'appeler ses parents avant qu'ils ne s'inquiètent à nouveau.

— Comme le temps passe vite, sourit Alisson. J'ai l'impression d'avoir quitté la France depuis des mois.

Le départ vers Abydos eut lieu à sept heures le lendemain, car il y avait près de 600 kilomètres à parcourir. Alisson se retrouva dans le bus à côté de Viviana.

— Léonard ne va pas nous embêter avec ses questions, dit l'Italienne d'un air complice.

— Ah bon, répondit Alisson. Pourquoi ? Tu lui as coupé la langue ?

Viviana entrouvrit discrètement son sac à dos pour montrer un carnet vert.

— Je l'ai pris à Léonard, mine de rien. Il ne s'en est pas aperçu.

— Quand il va s'en rendre compte, ça va faire du vilain, pronostiqua Alisson.

— Écoute, il nous casse les pieds avec ses questions. Nous allons être tranquilles un moment.

Le minibus remontait le long de la vallée du Nil. Alisson se laissa enchanter par ces aperçus sur le fleuve où voguaient des grandes barques à voile unique qu'on appelle des felouques. La route passait au milieu des champs des fellahs. On les voyait penchés dans leurs champs, le dos courbé, une houe à la main pour travailler la terre. Des ibis leur tenaient compagnie, perchés sur leurs pattes élégantes d'échassiers. Paysans et oiseaux paraissaient aussi immobiles que ceux qu'Alisson avait vus  peints dans les mastabas de Saqqara, comme si rien n'avait bougé depuis 5 000 ans, comme si chaque jour nouveau s'ouvrait sur les mêmes personnages et les mêmes attitudes. Le bus cahotait sur une route mal entretenue. Le chauffeur klaxonnait, freinait pour éviter les ânes errants, les enfants imprudents, les chameaux chargés de marchandises qui gênaient le passage. Pas un cri, pas d'insultes, tout cela se faisait dans la bonne humeur.

Sophie Beaulieu-Seignac accompagnait les stagiaires. Luis Velasquez et Jean-Timothée, qui avaient encore à faire au Caire, devaient les rejoindre en voiture à Abydos, tard dans la nuit. En se retournant, Alisson aperçut à travers le pare-brise une voiture noire qui semblait s'intéresser au bus. Jean-Tim et Velasquez les auraient-ils déjà rejoints ? Elle laissa passer un bon quart d'heure et inspecta une nouvelle fois leurs arrières : toujours la même voiture. Elle s'était rapprochée et l'on pouvait distinguer deux hommes, à moustaches et lunettes sombres. Les événements des pyramides l'incitaient à la vigilance.

– Je crois bien qu'on nous file, souffla-t-elle à Viviana.
– Tu crois ?

Mais quand Mostapha gara le bus devant une petite auberge où ils pourraient se rafraîchir et manger, la

 voiture suspecte avait disparu. Le soleil était déjà haut, sa clarté écrasait les couleurs des jardins, des palmiers, les eaux du fleuve où les voiles des felouques s'enivraient de lumière. Alerté par les deux filles, John inspecta en vain les voitures garées autour de l'auberge.

– Parlons-en tout de même à Sophie, décida Alisson.

Elle la rejoignit à l'intérieur de l'auberge et lui raconta ce qu'elle avait vu. Étrangement, le professeur ne sembla pas s'alarmer.

– Tu as bien fait de me prévenir. Il faut être vigilant. Que veux-tu boire ? Thé, café, orangeade ?

Alisson se retrouva assise devant un verre de thé. « Les menaces, pensa-t-elle, sont toujours là. Kaligane ne va pas nous lâcher. » Levant les yeux, elle vit un lézard qui marchait la tête en bas, les pattes accrochées au plafond.

– Un gecko, dit Sophie. C'est comme ça qu'on les appelle. Leurs pattes ont de jolis doigts avec des ventouses, ce qui leur permet de marcher au plafond. C'est pratique, non ?

Alisson sourit au drôle d'animal.

C'est en remontant dans le bus que Léonard s'aperçut de la disparition de son carnet. Il s'agita beaucoup, et Sophie Beaulieu lui demanda ce qui se passait. Léonard avait le visage décomposé.

– Mon carnet, mon carnet avec toutes les questions, dit-il d'une voix étranglée. Je ne l'ai plus.

– Un peu de repos va te faire du bien, lança Viviana à voix haute.

Tous les stagiaires se mirent à rire. Mais Léonard supplia Mostapha de ne pas démarrer. Il voulait retourner à l'auberge pour voir s'il ne l'avait pas laissé là. Sophie Beaulieu demanda à Mostapha de patienter, et Léonard fila comme une flèche. Il revint dix minutes après, blanc comme un linge.

– Alors ?

– Rien. Perdu, dit-il d'une voix tremblante.

– Écoute, Léonard, prononça Viviana avec son bel accent italien. Sois cool, relax, au lieu d'embêter tout le monde avec tes questions. Oublie un peu ton carnet et intéresse-toi à autre chose. Je peux t'apprendre à cuire des spaghettis, si tu veux.

De nouveaux rires fusèrent, ce qui eut le don de mettre Léonard en rage. Il hurla que son carnet, tout le monde s'en moquait, mais que lui, il y tenait comme à la prunelle de ses yeux.

Sophie Beaulieu s'approcha et mit la main sur son épaule, ce qui eut pour effet de le faire fondre en larmes.

– Ne crois-tu pas, Léonard, qu'il serait temps de dire la vérité à tes camarades ? Les professeurs te comprennent et répondent toujours volontiers à tes questions, mais tes camarades, eux, ils peuvent penser que tu es un casse-pieds.

Léonard pleurait toujours à gros sanglots. La directrice de l'Institut l'encouragea d'une brève caresse dans les cheveux.

– Allez. Dis la vérité, et tout le monde sera plus heureux après.

Léonard réussit à calmer ses larmes, et murmura :

– Ben voilà. Moi, l'Égypte et l'archéologie, je n'y connais rien. En plus, j'aime pas l'avion. Mes vacances, je voulais les passer chez mon grand-père, comme d'habitude. Il a des vaches, des lapins, des poules, des oies. Et c'est moi qui m'occupe de Maxime. Je ne voulais pas venir en Égypte. Ces momies, ces morts, ces drôles de dieux, moi, c'est pas mon affaire. Maxime, je suis sûr qu'il s'ennuie sans moi.

– Qui est Maxime ? demanda doucement la directrice. Peut-être pourras-tu lui envoyer une carte postale.

– Maxime, c'est l'âne, renifla Léonard. Il n'obéit qu'à moi, parce que je sais l'écouter. J'écoute toujours les animaux, ils le savent. Une carte postale, ça c'est une bonne idée. Il sera content, Maxime.

– Alors, demanda Joao, un stagiaire portugais, comment es-tu arrivé ici ?

– Ben, voilà. Ma sœur Babette rêve depuis toujours de venir en Égypte. Elle a lu un tas de livres, et chaque fois qu'elle ne connaît pas quelque chose, elle le note sur un carnet, le carnet vert que j'ai perdu.

– On avait vu juste, murmura John, ce n'était pas son écriture, c'est celle de sa sœur.

– Et moi, je pose les questions qu'elle m'a demandé de poser, et je ne comprends pas toujours ce que cela veut dire. Voilà, vous savez tout.

– Non, Léonard, nous ne savons pas tout, intervint Sophie. Moi, je le sais parce que tes parents m'ont prévenue, mais tes camarades ont droit aussi à des explications.

– Ma sœur Babette, elle est malade. Une paralysie des jambes. Ça l'a prise il y a deux ans, et maintenant, elle se déplace avec des cannes, et bientôt, elle sera sur un fauteuil roulant. Elle a beaucoup de mal à accepter sa maladie. Elle était toujours la première à l'école et voulait devenir égyptologue. Quand elle a su pour le stage, elle a écrit au musée du Louvre. On lui a dit qu'il fallait envoyer une lettre de motivation, et qu'un jury se réunirait pour choisir le vainqueur. C'est elle qui a gagné. Elle était folle de joie, et elle pensait qu'elle pourrait y aller, en Égypte. Mais le médecin l'a interdit parce qu'elle était trop fragile et que sa maladie risquait de s'aggraver.

– Alors, continua le professeur Beaulieu — car Léonard s'était remis à pleurer —, Babette a proposé à son frère de prendre sa place. Elle lui a préparé toutes les questions qu'elle aurait aimé poser. Et Léonard est là, aujourd'hui avec nous, au lieu de s'occuper de l'âne Maxime. Je crois que nous devons tous le féliciter.

Une grande ovation monta dans le minibus, les applaudissements crépitèrent, les pleurs de Léonard redoublèrent. Viviana sortit le carnet et se dirigea d'un air décidé vers le professeur Beaulieu.

 — C'est moi qui l'ai pris. Je croyais que Léonard était un *pignolo* et je voulais le faire marcher. Je m'excuse, professeur.

Elle le remit à Léonard et lui fit un rapide baiser sur le front.

— Youpi, crièrent les stagiaires. Vive Léonard !

Le jeune garçon daigna enfin sourire. Le soir, en arrivant à Abydos, John, Alisson et Viviana s'approchèrent de lui.

— Parle-nous de Maxime, Léonard.

11/ Seth et Osiris

À Abydos, Mostapha avait aménagé un vrai camping sur les berges du fleuve. Une grande tente pour les garçons, une autre pour les filles, des tentes individuelles pour les adultes, dont Jean-Tim qui arriverait dans la nuit. Au repas du soir, il y eut du poisson du Nil et un plat de haricots blancs relevé d'herbes aromatiques. Mostapha servit à boire du carcadet que décidément Alisson appréciait, à cause de son petit goût acidulé.

Après le repas, ils se promenèrent le long du Nil. Le vent courait sur l'eau et apportait un peu de fraîcheur. La lune brillait dans un ciel très clair. Sophie leur parla de

 la forme du croissant de lune, semblable à celle d'une barque qui traverse le ciel. Alisson pensa au poème que son parrain lui avait récité. Elle resta longtemps à contempler le ciel, rêvant à cette princesse qui avait pour nom « fille de la lune », et qui s'était installée définitivement dans son esprit. « J'espère, songeait Alisson avec un peu d'angoisse, j'espère que tout ira bien et que Jean-Tim finira par décourager les pilleurs de tombes. Mais pourquoi ne prévient-il pas la police ? »

Tout en rêvant, elle s'était laissé distancer par le groupe. Croyant voir bouger quelque chose dans l'ombre, vite, elle rejoignit ses amis.

Le lendemain matin, tout le monde était sur pied à sept heures. Il y avait au programme deux grands temples à visiter, celui de Ramsès II et celui de son père Seti Ier.

– Dans les temps très anciens, expliqua Sophie Beaulieu, Abydos était le lieu où régnait le prince de la Mort qui veillait sur le sommeil des premiers rois. Puis, on commença à y célébrer Osiris, dieu de la Régénération éternelle.

Quand la directrice de l'Institut raconta son histoire, Alisson eut un petit sourire de satisfaction. Elle la connaissait assez bien, grâce à toutes les lectures qu'elle avait faites avant de partir. Osiris est le dieu qui veille sur les cultures et les terres habitées, tandis que son frère Seth règne sur les terres désertiques. Seth tue son frère Osiris. Il coupe son corps en quatorze morceaux et les disperse. Mais Isis, l'épouse d'Osiris, réussit à regrouper treize des quatorze morceaux et fait revivre le corps de son mari. Le morceau qui manque est le sexe.  Osiris ne peut donc pas lui donner un enfant. Mais Isis est une grande magicienne ; elle possède des connaissances secrètes grâce auxquelles elle réussit à concevoir dans son ventre l'enfant d'Osiris, Horus.

Sophie Beaulieu entreprit d'expliquer ensuite la signification de ce beau mythe. Seth symbolise la sécheresse, le lieu où rien ne pousse, la chaleur étouffante, la mort. Il est donc normal qu'il vienne à bout de son frère qui représente, lui, la végétation sans cesse menacée par le vent brûlant du désert et détruit les cultures. Mais les Égyptiens savaient que le désert n'a pas le dernier mot. De superbes palmeraies, des céréales, des arbres fruitiers poussaient sur les rives du Nil. Et dans le delta, tout n'était que verdure. Osiris ne pouvait donc pas être vaincu pour toujours par son frère. En reconstituant son corps, et en obtenant de lui un enfant, Isis montrait que la végétation finit par gagner. C'est le grand cycle de la mort et de la vie.

– Ces mythes du combat de la vie et de la mort, on les connaît aussi chez d'autres peuples anciens, dit soudain une voix qu'Alisson reconnut aussitôt.

C'était Jean-Timothée. Il sortait de sa tente, et il avait les cheveux tout ébouriffés et les yeux gonflés de sommeil. Il avait dû arriver tard dans la nuit.

— Il existe, à Ougarit, un poème où le dieu des Enfers provoque le dieu du Ciel pour se battre à mort avec lui. Le dieu des Enfers s'appelle Mot, le dieu du Ciel s'appelle Baal. C'est un jeune dieu, fort et courageux, qui transforme les nuages en chevaux pour traverser le ciel. Baal accepte le combat et se fait tuer par Mot. Mais sa sœur le recherche jusque dans les enfers et le fait revenir à la vie. Et c'est au tour de Mot d'être tué. Son corps est coupé en morceaux et donné à manger aux oiseaux. Baal remonte au ciel d'où il fait descendre la pluie pour fertiliser les champs assoiffés par la chaleur de l'été.

Alisson ne put s'empêcher de sourire en voyant son oncle, à peine réveillé, se mettre à faire un cours de mythologie. Elle s'approcha de lui et ne le quitta pas durant tout le chemin qui conduisait aux temples. Elle lui parla des deux hommes dans la voiture noire, mais cela n'assombrit pas l'humeur joyeuse de Jean-Timothée :

— Pas de panique, Alisson et fais-moi confiance. La seule chose que je te demande, c'est de me dire tout ce que tu vois d'anormal autour de toi. On finira par les avoir, ces sales pilleurs de tombes. Tu viens d'entendre des mythes sur la mort et sur la vie. La mort gagne dans un premier temps, mais la vie finit toujours par l'emporter.

La journée se passa à visiter les deux superbes temples, et Alisson, durant tout ce temps, ne lâcha pas son parrain d'une semelle. Auprès d'eux, il y avait, bien sûr, les

inséparables John et Viviana et leur nouvel ami Léonard. Maintenant qu'il n'avait plus le souci de garder son secret, il se montrait tranquille et souriant.
Sophie Beaulieu ne lui avait-elle pas promis qu'il repartirait avec toutes les informations pour sa sœur ? À la pause, pendant qu'ils mangeaient leurs sandwiches, Léonard leur parla de la ferme :

— Mon grand-père dit que j'ai un don avec les animaux, et je tiens ça de lui. C'est comme ça. Il y a des gens qui ont le don des sourciers : avec une baguette de coudrier, ils trouvent l'endroit où il faut creuser pour faire un puits. D'autres, comme moi, ont le don des animaux. Quand j'étais petit, j'ai échappé un jour à la surveillance de mes parents. Ils m'ont cherché partout, et ont fini par me retrouver à l'étable, endormi dans le foin auprès du taureau le plus méchant de la ferme.

— Dans l'étable ? se récria Alisson. Mais c'est plein d'araignées. J'ai horreur de ces bêtes-là !

— Justement, s'entêta Léonard, j'avais cinq ou six ans quand un jour une vipère…

Alisson se précipita pour lui fermer la bouche. Elle détestait entendre ces histoires horribles.

Si elle avait su ce qui l'attendait…

12/ L'homme-chien

Les stagiaires terminèrent leur journée par la visite de l'Osireion, construction destinée à garder le souvenir d'Osiris. Ils se promenèrent dans les salles, admirèrent les plafonds soutenus par d'imposantes colonnes, entrèrent dans la salle du sarcophage qu'avait jadis occupée la momie de Seti Ier. Jean-Tim leur montrait des détails qu'ils n'auraient jamais remarqués par eux-mêmes, leur déchiffrait des hiéroglyphes qu'Alisson s'empressait de reproduire sur son cahier.

Ils quittèrent la salle en ordre un peu dispersé pour retourner à leur campement du bord du Nil, tandis que le soleil baissait sur l'horizon. Alisson était parmi les

 dernières. C'est alors que quelqu'un la tira par la manche. C'était un jeune garçon égyptien qui lui dit en français :
– Votre oncle, là-bas. Suivez-moi.

Alisson eut un court instant d'étonnement car elle croyait Jean-Tim devant elle ; sans doute avait-elle mal vu. Elle revint donc sur ses pas pour suivre le garçon. Où Jean-Tim pouvait-il bien se cacher ? Il n'y avait personne, et le jeune garçon avait disparu. Alisson était seule, dans la salle du sarcophage. Lorsqu'elle comprit le piège, c'était trop tard. Une main criminelle avait discrètement refermé la porte.

« Quelle gourde je suis, songea-t-elle, très en colère. Je savais bien, pourtant, que je devais me méfier. »

Sous l'effet de la peur, ses jambes se firent lourdes, comme si son corps se pétrifiait. Elle essaya de se raisonner : « C'est peut-être vrai que Jean-Tim m'attendait ; il a dû ressortir. Il va bien finir par voir que je suis restée dans la salle du sarcophage. »

Mais ces paroles sonnaient faux. Elle savait parfaitement qu'elle venait de tomber dans le piège tendu par les pilleurs de tombes.

Soudain, elle poussa un cri. Une créature venait de sortir de derrière un pilier, et cette silhouette sombre n'était pas vraiment celle d'un être humain ni d'un animal. Elle allait sur deux pieds comme un homme, mais elle portait un grand masque-plastron qui faisait d'elle un

homme à tête de chien noir. L'être
étrange avançait sans un bruit. Il sem‑
blait ne pas s'appuyer sur le sol, et ses
mains croisées sur la poitrine mon‑
traient qu'il ne faisait aucun effort dans son déplace‑
ment, telle une apparition. S'arrêtant à une dizaine de
mètres d'Alisson, il lui adressa la parole :
— Bienvenue très chère Alisson, bienvenue au royaume
du divin Osiris.
La voix était doucereuse, assourdie par le masque à
tête de chien.
— Qui êtes-vous ? demanda-t-elle en s'efforçant de maî‑
triser le tremblement de sa voix.
— Anubis, le dieu serviteur. Oui, je suis au service du
divin Osiris dont j'ai, il y a très longtemps, momifié le
corps. C'est moi qui ai disposé ses reins et son foie dans
les vases canopes quand il fut momifié, c'est moi qui ai
veillé à ce qu'on le lave bien avec l'eau qui rend les chairs
éternelles ; c'est encore moi qui ai veillé à ce qu'il dorme
en paix dans ses trois sarcophages.
— Vous êtes un menteur, gronda Alisson. La vérité, c'est
que vous êtes un pilleur de tombes. C'est vous qui avez
voulu me tuer l'autre jour aux pyramides !
— Pourquoi donc te tuerais-je, très chère Alisson ? Il y a
bien assez d'occasions de mourir comme ça. Par exemple,
si tu restais ici, enfermée dans cette salle, sans manger et
sans boire, qu'arriverait-il ? Tu attendrais jusqu'à demain

 que le gardien ouvre la porte aux touristes, et tu en serais quitte pour une grande peur. Mais si la chose se reproduisait par mégarde dans une tombe secrète, où quelqu'un t'enfermerait, disons, par accident... ce serait beaucoup plus grave, n'est-ce pas ?
— Des menaces, gronda Alisson. C'est bien ce que je dis, vous voulez me tuer. Mais mon oncle...
Elle se mordit aussitôt les lèvres. Mais l'homme-chien sauta sur l'occasion :
— Ton oncle, bien sûr, Alisson, le cher, le grand, le très grand professeur Vialassoux. Il volera à ton secours. Mais alors, explique-moi comment j'ai pu t'enlever à sa surveillance alors qu'il était à vingt mètres de toi !
— Il va me retrouver, gronda Alisson.
— Espérons, espérons, susurra l'homme-chien. Mais si par hasard tu devais mourir ici de soif et de faim, rassure-toi, chère Alisson, car je suis le maître des embaumeurs. Je saurai donc m'occuper de toi, et c'est moi qui te présenterai devant le divin Osiris pour le jugement de ta vie avant qu'il te permette de passer dans la grande prairie des morts. Je serai là au moment de la pesée de ton âme : tu connais, bien sûr, cette épreuve que tout défunt doit affronter avant d'entrer chez le divin Osiris, n'est-ce pas, ton oncle te l'aura racontée ? Mais je ne suis pas là pour te faire peur, Alisson, continua cyniquement l'odieux personnage. Je veux simplement t'apprendre

une bonne nouvelle : à partir de maintenant, je fais de toi une disciple du dieu Osiris. Je t'initie à ses mystères. Partout où tu iras, je saurai te retrouver, et chaque fois, je te ferai passer une épreuve.  Si tu réussis, alors tu deviendras une dévote du dieu, et moi, patron des embaumeurs, je deviendrai ton maître.

Alisson sentit la terreur l'envahir. Que lui voulait exactement ce monstre hybride ? Elle jeta un regard éperdu derrière elle, et l'homme-chien éclata d'un effrayant ricanement :

– Ah, ah, petite sotte. Tu penses bien que le grand Anubis n'a pas oublié de refermer la porte. Tu es prisonnière, Alisson, et tu n'as aucune chance de t'échapper. À partir de maintenant, ta vie m'appartient, j'en fais ce que je veux. Procédons donc à la première étape de l'initiation. Elle est fort simple, comme tu le verras. Mais avant tout, je te rappelle la grande règle des initiés, règle que tous ceux qui ont reçu l'initiation dans ce temple, Seti Ier, le père du grand Ramsès, Hérodote, l'illustre historien grec, ont su respecter à jamais. Cette règle, c'est le silence. Si jamais tu révèles la moindre chose à quelqu'un, tu es en grand danger de mort. Rappelle-toi, Alisson. En grand danger de mort !

Alisson sentit la rage l'envahir. Elle se précipita sur l'homme-chien et allait l'attraper quand il se déroba avec une agilité prodigieuse. Sa tête cogna violemment contre le mur.

– Sombre idiote, gronda l'homme-chien. Cela t'apprendra à croire que tu peux me déjouer. Et maintenant, écoute la première énigme : *Je suis grand et petit à la fois. Je suis le maître des quatre fils d'Horus.*

Alisson porta la main à son visage et sentit le sang poisser ses doigts. Une grosse bosse en forme d'œuf déformait son front, et sa vue était trouble. Se relevant avec peine, elle s'entendit répéter :

– *Je suis grand et petit à la fois, je suis le maître des quatre fils d'Horus. Je suis grand et petit à la fois…*

Elle chercha l'homme-chien, il avait disparu. Traversant la salle du sarcophage d'un pas chancelant, elle aperçut au loin une tache de lumière. La porte était ouverte, elle était libre.

13/ L'énigme

– Où étais-tu, Alisson ? On te cherche partout !
– Mais tu es blessée, ma parole.
Jean-Tim, John, Viviana et Léonard venaient à sa rencontre, mais dans le contre-jour, Alisson les distinguait à peine. Ses yeux lui faisaient mal ; de grands coups résonnaient dans son crâne. Ses jambes se dérobèrent ; Jean-Tim la reçut dans ses bras au moment où elle allait s'évanouir.
– Vite, il lui faut un médecin.
On la transporta jusqu'à l'infirmerie aménagée pour les touristes victimes d'insolation, pendant que John allait chercher Luis Velasquez qui, avant ses études

 d'égyptologie, avait étudié la médecine. Une chance.

Il arriva rapidement, prit le pouls d'Alisson, souleva sa paupière, observa son œil à l'aide d'une lampe électrique. Puis il examina la bosse sanguinolente au front, longuement, pour s'assurer que rien n'était cassé.

– Je vais lui injecter un calmant, décida-t-il. Elle a besoin de repos, mais je ne crois pas que ce soit très grave.

Mostapha arriva avec le minibus et on transporta Alisson jusqu'au camp, dans la tente de Jean-Tim qui en était quitte pour chercher un autre lit. Les amis se relayèrent à son chevet toute la nuit. Même Léonard voulut être de la partie. Jean-Tim et le professeur Velasquez venaient régulièrement vérifier que tout allait bien.

Sous l'effet du calmant, Alisson passa une bonne nuit. Mais vers six heures du matin, alors que le soleil se levait, elle fut prise d'agitation comme si elle faisait un cauchemar. C'est Léonard qui la veillait à ce moment-là. Il l'entendit murmurer distinctement :

– *Je suis grand et petit à la fois. Je suis le maître des quatre fils d'Horus.*

Alisson se débattait, comme si quelqu'un cherchait à l'attraper. Léonard essaya de la calmer.

– C'est moi, Léo. Tu me reconnais ? Tout va bien, dors, repose-toi.

Alisson ouvrit de grands yeux apeurés, reconnut Léo-

nard, se calma et s'endormit bientôt en répétant encore une fois :
— *Je suis grand et petit à la fois. Je suis le maître des quatre fils d'Horus.*

Alisson se réveilla enfin, les yeux dans le vague. Aidée de ses amis, elle réussit à sortir de la tente et Mostapha lui prépara quelque chose à manger. Elle se sentait mieux.

— C'était un homme-chien, dit-elle soudain, en repensant à ce qui s'était passé.

— Un homme-chien, que veux-tu dire ?

— Il portait un grand masque qui couvrait aussi la poitrine, et c'était un masque de chien noir, comme on en voit sur…

— Anubis, dit Viviana, le dieu qui a une tête de chacal ou de chien noir. Il s'est déguisé en Anubis pour te faire peur.

— Anubis, oui, c'est comme ça qu'il s'est présenté.

— Qu'est-ce qu'il te voulait ?

— Rien, murmura, songeuse, Alisson. Il m'a menacée, c'est tout. Il m'a dit que si je me retrouvais enfermée par mégarde dans un tombeau, sans manger et sans boire, je…

— Le salaud, murmura John. Et il ne t'a rien demandé ?

Alisson eut un moment d'hésitation qui n'échappa pas au regard vif de l'Italienne.

— Non.

— Ne nous cache rien, lui recommanda Viviana. Nous sommes tes amis.

— Je sais, murmura Alisson, mais je vous assure que…

— Et l'énigme, demanda Léonard, c'est lui qui te l'a posée, non ?

— Quelle énigme ? murmura Alisson mal à l'aise.

— *Je suis grand et petit à la fois. Je suis le maître des quatre fils d'Horus.*

Elle pâlit brusquement.

— Comment sais-tu ? murmura-t-elle.

— Tu as parlé dans ton sommeil, et tu as répété plusieurs fois cette phrase.

La peur se lisait dans les yeux d'Alisson.

— Écoute, reprit Viviana. Ce type-là n'est pas le dieu Anubis, tu n'as donc pas à craindre que le ciel te tombe sur la tête. C'est un bandit, un pilleur de tombes. Il a voulu te mettre sous le pouvoir d'une force mystérieuse. Tu es toute pâle, cela veut dire que tu as peur. Peur de quoi ? Nous sommes tes amis, nous sommes là pour t'aider.

— Il m'a dit, bégaya Alisson, que si je répétais quelque chose, je serais en danger de mort. J'ai parlé pendant mon sommeil, je ne voulais pas.

— Tu n'as rien à craindre, dit John, rassurant. Son truc, c'était pour te faire craquer. « Le grand Anubis lit dans ta tête. Tu ne peux rien me cacher. Si tu ne respectes pas le pacte, je le saurai aussitôt. Tu dois tout me dire, et blabla-bla. » C'est bien ça n'est-ce pas ? C'est un faux sor-

cier, un faux envoûteur. Il veut te faire peur pour obtenir quelque chose de toi.
– Mais on ne marche pas, continua Viviana. Pas question de laisser notre amie Alisson se laisser manipuler, tu comprends ?

Alisson se détendit un peu et leur raconta comment il avait parlé d'initiation. La première épreuve était l'énigme qu'elle avait répétée dans son sommeil pendant que Léonard la gardait.

– Voyons donc cette énigme, dit John. Comment c'est déjà ?

– *Je suis grand et petit à la fois. Je suis le maître des quatre fils d'Horus*, récita Léonard.

– C'est bien ça, confirma Alisson.

– Commençons par la première phrase, proposa Viviana. *Je suis grand et petit à la fois.* Est-ce que cela évoque quelque chose ?

– Un yo-yo, dit Léonard, il est grand et petit, il monte et descend.

– Moi, dit Viviana, je pense à une vedette de télévision, une chanteuse, ou quelqu'un du genre : je suis grande car on me prend pour une star, et les autres sont des vers de terre par rapport à moi ; mais en même temps, je suis petite car si je rencontre mon chat à minuit dans le noir et qu'il miaule, j'ai la trouille comme une gamine.

– Décidément, dit John, ce n'est pas comme ça qu'on aura la solution. Voyons si l'autre phrase nous inspire. Comment est-ce, Alisson ? Te rappelles-tu exactement ?

– *Je suis le maître des quatre fils d'Horus.* Ce sont les mots exacts.
– Est-ce que cela vous dit quelque chose ? demanda John. Moi, je ne vois rien.

– Le mieux, dit Viviana, est de se taire et de se concentrer. On se donne quatre minutes, et si on n'a rien trouvé, on cherchera une autre méthode.

– Alors ? demanda-t-elle au bout de quatre minutes. Toi John, tu t'es gratté la tête tout le temps, sans doute pour y enlever des poux. À part ça, qu'as-tu trouvé ?

– Et toi, répliqua John, tu n'as pas cessé de te pincer l'oreille. Tu entendais des voix ?

– Arrêtez de vous chamailler, dit Alisson. Ce n'est pas comme ça qu'on va avancer. Moi, en tout cas, je n'ai rien trouvé. Et toi, Léo ?

– Moi non plus, avoua piteusement le garçon. Mais, au fait, j'y pense, attendez, cria-t-il en se levant d'un bond.

Il courut à la tente et en revint en brandissant le carnet vert. Il se mit à le feuilleter, tout excité.

– Voilà, dit-il tout tremblant. « Question 78 : Que mettait-on exactement comme viscères dans les vases canopes qu'on appelle aussi les quatre fils d'Horus ? »

– Eh, bien, dit John, je crois qu'on y est. Et c'est ta sœur qui nous a donné la solution.

Léonard releva le nez ; un grand sourire illuminait son visage :

– Eh oui, c'est Babette qui a résolu le problème. On peut dire que son esprit est parmi nous !

– Quand on la verra, dit Viviana, on lui fera quatre bisous sur les joues.

– Mais, dit Léonard, il faut lier les deux phrases : *Je suis grand et petit à la fois, et je suis le maître des quatre fils d'Horus.*

– Je crois que Jean-Tim ou Sophie Beaulieu peuvent nous aider. Mais nous savons déjà presque tout. Résumons : l'homme-chien se désignait lui-même, en parlant du maître des quatre fils d'Horus. Anubis, l'homme à tête de chien noir est celui qui préside aux embaumements, et donc connaît le contenu des vases canopes. Il parlait donc de lui.

– Bravo, murmura froidement John. Quand tu reverras l'homme-chien, Alisson, tu pourras lui annoncer que tu as trouvé la clé de l'énigme.

– Tu es horrible, dit Viviana. Et pourtant si on regarde la réalité en face, il est clair qu'Alisson risque encore d'être enlevée. Anubis a parlé d'initiation, et l'énigme n'était que la première épreuve. Alors ?

– Moi, dit Léonard, je préviendrais la police.

– C'est certainement fait, remarqua John. Crois-tu que Sophie et Jean-Tim sont des insouciants ? Police ou pas, nous devons nous organiser pour protéger Alisson. Et d'abord, ne jamais la laisser seule. Il faut qu'on soit toujours au moins deux avec elle. Tu devras nous supporter, Alisson !

– Je me demande si je ne préfère pas la compagnie de l'homme-chien à la tienne, dit-elle avec un pâle sourire.

– Bravo, Alisson, tu plaisantes, donc tu vas mieux ! Ne t'inquiète pas, on ne va pas te laisser tomber !

Jean-Tim trouva sans difficulté le sens de la première phrase de l'énigme. Elle visait encore Anubis. Il est grand puisqu'il est le maître des embaumeurs, celui qui présente le défunt au tribunal d'Osiris. Il est petit puisqu'il est serviteur d'Osiris.

– Voilà, dit-il, nous avons la solution du problème. Et cela nous apprend aussi quelque chose.

– Quoi ? demandèrent-ils.

– Que le faux Anubis connaît bien la mythologie égyptienne.

– Et alors ?

– Ça vous intéressera sans doute de savoir que Kaligane a fait un doctorat d'égyptologie à Oxford. Sophie Beaulieu a entendu parler de lui, comme étudiant. Quand elle est arrivée à Oxford, il venait d'en partir, l'année d'avant.

– Et pourquoi n'est-il pas devenu égyptologue comme vous ?

– Mystère. À son premier chantier de fouilles en Égypte, l'équipe des archéologues avait mis au jour une tombe contenant plusieurs objets de grande valeur, des statuettes, de la vaisselle et des bijoux en or. Un jour, les objets ont disparu et Kaligane avec. Certains ont prétendu qu'il travaillait pour une puissance étrangère. Je crois surtout qu'il aime l'argent. Maintenant, il est à la tête de la plus grande mafia internationale de vol d'antiquités.

– Dis-moi, Jean-Tim, demanda Alisson, Kaligane, c'est son vrai nom ?

– Parfaitement. Sophie dit qu'à Oxford, il s'appelait déjà ainsi. Elle croit se rappeler qu'il était écossais par son père et bulgare par sa mère, et qu'il était très doué pour les langues. Il en parlait cinq ou six sans accent.

– Et elle ne l'a jamais rencontré ? demanda John pris d'une soudaine inspiration.

– Jamais, non. Pourquoi cette question ?

– Alisson avait remarqué deux types qui suivaient le minibus sur la route d'Abydos. Ils avaient des moustaches et des lunettes noires. Elle les a pris pour des pilleurs de tombes et a prévenu Sophie qui n'a pas eu l'air de s'inquiéter. Hier, en sortant de l'Osireion, je ne vous l'ai pas dit, mais j'ai vu deux types à moustaches et lunettes noires. Sophie est passée près d'eux, et j'ai cru voir qu'elle leur parlait discrètement. Je me suis approché, mais ils ont filé.

– Soupçonnerais-tu Sophie d'être liée aux pilleurs de tombes ? demanda Viviana. Attends, je sais ce que tu penses. Sophie dit que Kaligane était étudiant à Oxford l'année d'avant son arrivée. En fait, il y était encore quand elle a commencé ses études. Elle est tombée amoureuse de lui, et il en a fait sa complice. C'est un peu ce que tu soupçonnes, non ?

– Ben, dit John, un peu, oui. Pourquoi pas ?

 – C'est parfaitement rocambolesque, trancha Jean-Tim. Je connais Sophie depuis plus de dix ans. Elle serait incapable de voler le plus petit objet retrouvé dans les fouilles. On se demande où tu vas chercher tout ça, John. Pourquoi ne pas me soupçonner tant que tu y es ?

– Oui, c'est idiot, renchérit Alisson. Si Sophie Beaulieu avait connu Kaligane à Oxford, elle ne serait pas assez bête pour nous mettre sur la piste en racontant qu'il était là-bas un an avant elle !

– Exact, admit John. Ce qui est sûr en tout cas, c'est que Kaligane n'est pas loin. Le type qui m'a mis K.-O. au Caire, le cavalier qui a voulu tuer Alisson aux pyramides, et les deux moustachus qui nous suivaient dans la voiture, je ne les ai pas inventés.

– C'est vrai, dit Jean-Tim, tu ne les as pas inventés. Et je me fais beaucoup de souci pour toi, Alisson. Kaligane sait que tu es ma nièce. Donc c'est sur toi qu'il s'acharne. Je me demande si je ne devrais pas te rapatrier d'urgence en France. Je vais en parler à Sophie.

Alisson blêmit :

– Oh, non, Jean-Tim, pas ça ! Je t'en supplie !

– Ta sécurité avant tout, Alisson. Je suis responsable devant tes parents. Je dois y réfléchir.

Le soleil commençait à allonger les ombres quand Jean-Tim les quitta. Ils s'assirent sous des palmiers en

bordure du Nil. Un long moment, ils goûtèrent la beauté des lieux, le fleuve bleuté, les rubans de verdure que faisaient sur l'autre rive les palmeraies et les champs, puis le cordon de dunes, puis le ciel.
– Ils ne vont pas me lâcher, dit soudain Alisson. Mais je ne veux pas rentrer en France.
– Écoutez, dit Viviana. C'est vrai qu'il y a du danger pour Alisson. Mais ce qu'ils veulent, c'est la faire parler, et tant qu'elle n'a rien dit, ils ne vont pas lui faire de mal. Si Alisson est courageuse, elle peut être très utile. Car elle peut nous aider à tendre un piège à Kaligane.
– Ah, oui, ironisa Léonard. Quel piège, s'il te plaît ? On va lui jeter un filet sur le dos comme faisaient les gladiateurs ?
– Viviana a raison, confirma John. On ne va pas lâcher Alisson d'une semelle. Et si jamais l'homme-chien la retrouve, nous pourrons le pister.
– Reste à convaincre Sophie et Jean-Tim. Ce serait bien de commencer maintenant.

Il fallut presque une heure pour que Jean-Tim et Sophie se laissent convaincre.
– Mais vous devez jurer, dit Jean-Tim, de ne jamais laisser Alisson seule.
– Et de nous prévenir immédiatement si quelque chose de bizarre arrive. Je ne sais pas, moi, un détail, quelque chose qui retiendrait votre attention. Et maintenant, il

 est temps de dormir. Demain, nous partons pour Louxor.
— Reste un moment, Alisson, dit Jean-Tim.

Quand les amis les eurent quittés, Jean-Tim se promena dans le camp avec sa filleule. La lune était levée. Elle ressemblait vraiment à une barque, une barque d'or qui allait mettre la nuit à traverser le ciel. Quel invisible passager transportait-elle au milieu des étoiles ?
— Tu sais, dit soudain Jean-Tim. Je suis très heureux que tu sois là, Alisson. J'ai oublié ton existence pendant treize ans, mais je te jure que je vais te garder, maintenant. Tu as dit l'autre jour que tu voulais devenir archéologue. Est-ce que tu plaisantais ?
— Pas du tout, j'étais très sérieuse. Et j'espère bien que tu vas m'aider. John et Viviana, qui n'ont pas d'oncle archéologue, en savent mille fois plus que moi, et ça me fait un peu honte. Et la sœur de Léonard, tu as vu tout ce qu'elle veut savoir ? Je pense souvent à elle depuis que Léonard nous en a parlé. En regardant la lune, ce soir, je me dis que le passager invisible de la barque d'or, c'est elle. J'irai la voir quand je retournerai chez mes grands-parents.
— Je crois, dit Jean-Tim, que vous devriez lui offrir un petit cadeau tous les trois. Léonard le lui donnera. Et je voulais te dire autre chose : demain, nous serons à Louxor. Nous pourrons aller enfin sur le site d'une vieille tombe.

L'esprit d'Alisson s'émoustilla aussitôt :

– Bat-Yarik ? C'est vrai ? Je vais enfin la voir, la princesse ougaritaine ?

Jean-Tim mit un doigt sur sa bouche :

– J'ai dit une vieille tombe. Je peux ajouter qu'elle se situe dans la nécropole de Thèbes, sur le sentier de la Vallée des Rois, entre le temple d'Hatshepsout et les tombes de la XIe dynastie, très proche à vrai dire de la première de ces tombes. Mais ne m'en demande pas plus. Et maintenant, il faut aller dormir.

Au moment où Alisson allait rentrer dans sa tente, Jean-Tim fouilla subitement dans sa poche :

– Comme je suis distrait, j'allais oublier ! Tu m'as reproché de n'avoir jamais pensé à t'envoyer un petit cadeau. Alors, je me rattrape. Celui-là te portera bonheur, à condition que tu le gardes à ton cou.

Jean-Tim lui tendit un petit paquet et s'éloigna avant même que sa filleule ait le temps de le remercier. Alisson ouvrit le paquet et découvrit, dans un écrin de velours, un joli scarabée de couleur jaune pâle, avec des ailes d'un bleu profond. Il était monté sur une chaîne d'argent. Un carton accompagnait le bijou : « véritable électrum ».

Vite, elle le mit autour de son cou et décida de s'endormir avec.

14/ Le domaine du dieu Amon

À Louxor, les stagiaires furent logés dans un petit hôtel situé au centre de la ville. De cet endroit proche du Nil, ils pourraient facilement visiter les temples gigantesques de Karnak, et en traversant le fleuve, la nécropole thébaine, avec les célèbres Vallées des Rois, des Reines et des Nobles. Arrivés en fin d'après-midi, ils eurent toute la soirée pour s'imprégner des lieux. Les felouques aux voiles blanches et ocre sur le Nil, et de l'autre côté du fleuve, Thèbes et son austère montagne de rochers nus que le soleil couchant teignait de couleurs feu.

Alisson pensa à Bat-Yarik enterrée là, dans cette montagne qui virait au violet pendant que la nuit tombait sur

 le grand fleuve et sur les habitations des vivants.

– Tu vois, lui dit Jean-Tim, les Égyptiens avaient le sens de la géographie. Sur la rive Est du Nil, les villages des vivants, la campagne avec les paysans penchés sur leurs champs et les ibis à côté d'eux, immobiles, attendant la nourriture. De l'autre côté du fleuve, à l'ouest, la cité des morts. Elle est séparée du monde des vivants par le Nil. Souvent, dans les mythologies, il faut passer un fleuve en barque pour se rendre dans le monde souterrain des morts. Et sais-tu pourquoi ils ont choisi cette montagne située à l'Ouest ?

– L'Ouest, dit Alisson tout heureuse de n'avoir pas Viviana et John pour répondre à sa place, c'est l'endroit où le soleil se couche. Tandis que l'Est, c'est le soleil levant, la vie.

– Bien, dit Jean-Tim, tu deviens une bonne égyptologue. Regarde le soleil, il va toucher la montagne et la nécropole de Thèbes.

Le soleil était devenu une boule incandescente qui paraissait rouler sur la montagne, comme si un gros scarabée invisible le poussait pour le faire passer de l'autre côté. Alisson et Jean-Tim restèrent plusieurs minutes à le regarder disparaître.

– On dirait, dit Alisson, qu'il s'est enfoncé dans la terre.

– Il est parti dans le monde souterrain. Souvent quand tu entres dans une tombe, tu le retrouves sous forme d'une grosse boule rouge peinte par les artisans sur les parois de la tombe. Et le matin, il se lève du côté des villages et des champs.  Il a parcouru le monde souterrain, il s'est régénéré et il brille pour tous les vivants. Tu sais, quand je suis sur un chantier de fouilles, j'adore me réveiller très tôt. D'abord, c'est à ce moment qu'il fait le moins chaud, et surtout, j'attends de voir le soleil se lever et enflammer le ciel. J'ai passé des jours innombrables à le voir se lever et disparaître.

Longtemps après que le soleil eut disparu derrière la montagne des morts, le ciel continua de rougeoyer, comme s'il faisait ses braises. Demain matin, il allait reparaître de ce côté-ci du fleuve. Ce serait le début d'une longue journée. Le rendez-vous avec le bateau qui les passerait sur l'autre rive était à six heures.

Les touristes dormaient encore dans leurs hôtels quand Sophie Beaulieu, Jean-Timothée et Mostapha entourés des stagiaires se présentèrent à l'embarcadère. Mostapha avait réservé un bateau équipé d'un moteur et d'une voile auxiliaire. Le ciel était déjà d'un bleu intense, la nuit avait rafraîchi l'air, un petit vent frais courait sur l'eau. Assise à l'avant, Alisson, les paupières closes, offrait son visage aux premiers rayons de Rê sorti régénéré de sa course nocturne dans le monde souterrain. Elle avait presque envie de lever les mains vers lui comme elle avait vu faire les humains sur des bas-

reliefs. Elle avait vu aussi — dans quel livre sur l'Égypte ? — une représentation du Soleil dont les rayons se terminaient par de petites mains, comme pour caresser avec bienveillance les humains. Le souvenir de sa rencontre avec l'homme-chien chercha bien à semer l'inquiétude dans sa tête, mais elle le repoussa. Elle ne voulait rien perdre de ces moments de pur bonheur, laissant les mains invisibles du soleil caresser son visage, allumer une lumière espiègle à travers ses paupières closes. Elle ouvrit doucement les yeux, comme si son regard, pour la première fois de sa vie, allait capter la lumière du monde. Elle regarda le ciel et c'était la première fois. Elle vit le vent gonfler la voile, la lumière dorée nimber la montagne thébaine et c'était encore la première fois. Elle eut une pensée pour Babette, la sœur de Léonard, et songea : « Je regarde pour elle. Et plus tard, je lui raconterai. »

Le pilote du bateau affala la voile et s'aida du moteur pour les manœuvres d'accostage. Sur la rive, des voitures les attendaient pour les conduire à Médinet Habou.

Jean-Tim entraîna les stagiaires dans le temple de Ramsès III.

– Vous êtes ici sur le domaine du dieu Amon, le grand dieu qui domina longtemps tous les autres. Les anciens Égyptiens pensaient qu'à cet endroit avait eu lieu la création du monde, et que les dieux créés au tout début par Amon étaient enterrés là. Parmi ces dieux primordiaux, il y avait le serpent Kématef et son fils le serpent Kémato.

Jetant un coup d'œil autour d'elle, Alisson vit que tous les stagiaires prenaient des notes pour ne rien perdre des paroles de Jean-Tim. John et Viviana, qui habituellement semblaient tout savoir, gribouillaient leur carnet pour ne rien perdre de ces informations, et Alisson se sentit fière du savoir de son oncle, comme si c'était un peu le sien. Elle prenait mollement quelques notes, se disant que de toute façon, Jean-Tim lui expliquerait ensuite tout ce qu'elle n'avait pas compris.

– Ramsès III, poursuivit Jean-Tim, décida de construire un temple dans ce cadre sacré pour s'assimiler au cycle de mort et de résurrection symbolisé par le dieu Amon. Il fit représenter sur les murs ses plus grandes victoires. Voici une des scènes les plus cruelles, qui nous renseigne sur la façon terrible dont Pharaon menait les guerres.

Sur le mur, on voyait Ramsès III assistant à la mutilation des prisonniers pendant que ses soldats comptaient les mains coupées. Il y eut des cris d'horreur et de dégoût parmi les stagiaires.

– Les pharaons, comme vous le constatez, étaient sans pitié pour leurs ennemis, que ce soient des prisonniers de guerre ou des bandes de pillards, comme ceux qu'on appelle les Shoshou, qui venaient du désert pour attaquer les villages et voler le bétail. Quelqu'un pourrait-il

 me dire qui furent les plus terribles ennemis de Ramsès III ?

Viviana et John devaient être mal réveillés, car c'est un stagiaire libanais qui prit la parole.

– Je crois que ce sont les peuples de la Mer.

– Parfaitement, Béchir, dit Jean-Timothée. Au temps de Ramsès III, il y eut de grandes invasions de populations venues des îles grecques. Les peuples de la Mer arrivaient par bateaux et débarquaient sur les rivages de la Palestine, de la Syrie et du Liban. C'étaient des guerriers redoutables. Regardez ici, sur ce bas-relief, ce soldat avec un casque décoré d'une sorte de plumet, c'est un Peleset ; et celui-là, sur ce bateau, avec son casque à deux cornes, est un guerrier Shekelesh. On connaît les noms de ces cruels envahisseurs : les Peleset, les Shekelesh, les Weshesh, les Denien, les Tjekker, et bien d'autres. De grands royaumes, comme celui des Hittites, en Turquie actuelle, furent détruits. Après le passage de ces guerriers féroces, des villes entières furent rayées de la carte et retournèrent au néant.

Jean-Tim continua en se tournant vers sa nièce :

– C'est ainsi qu'un très beau royaume fut anéanti. Ce royaume s'appelait Ougarit. Sa capitale était située sur une belle colline proche de la mer, en Syrie. J'y suis allé plusieurs fois en campagne de fouilles. Les pierres ont gardé les traces de l'incendie qui ravagea les habitations. La ville ne reprit jamais vie après le passage des guerriers venus de la mer.

Alisson pensa, bien sûr, à Bat-Yarik, la princesse ougaritaine. La ville où elle était née avait donc été incendiée et détruite à tout jamais.  Mais elle n'eut pas le temps de s'attarder sur cette pensée, car son oncle continuait :

— Seul Ramsès III réussit à repousser les envahisseurs. Voyez ici la bataille navale qu'il leur livra, à l'embouchure du Nil. Repérez les bateaux des Égyptiens, et les bateaux des peuples de la Mer, avec leurs soldats aux casques étranges. Et voici comment se lisent les hiéroglyphes ; c'est Ramsès III qui parle : « Les pays étrangers firent une conspiration dans leurs îles. Ils bousculèrent tous les pays et les détruisirent. Aucun pays ne leur résista. Certains atteignirent les frontières de mon royaume. Leur chair n'est plus : leur cœur et leur esprit ont disparu à tout jamais. Certains voulurent entrer par les rivières, mais un grand feu leur barra le passage, et des murailles faites de lances les encerclèrent depuis le rivage. On les traîna de force, on les allongea sur la plage, on les jeta en tas les uns sur les autres. »

Quand Jean-Timothée eut fini, le groupe se déplaça au village des artisans pour voir les petites maisons, très étroites, où vivaient les gens qui avaient construit les tombes pour les rois, les reines et les grands personnages. Le soleil était maintenant haut dans le ciel, et Sophie Beaulieu décida qu'il était temps de visiter la tombe de

 Ramsès III dans la Vallée des Rois. Ils quittèrent la chaleur du jour pour entrer dans la tombe, une des plus belles et des plus longues de la nécropole. Sur les murs s'étalaient les personnages portant les offrandes de la Terre, et le dieu Hapy en personne, dieu de l'Inondation qui fertilisait les champs chaque année. Sophie Beaulieu expliqua qu'on appelait cet endroit la « tombe des harpistes » à cause d'une scène superbe représentant des musiciens jouant de leur instrument. Il y avait tant de dessins magnifiques qu'Alisson et Viviana décidèrent de se répartir le travail. Alisson choisit les harpistes tandis que Viviana s'intéressait au portrait du dieu Hapy.

Il fallut une bonne heure pour visiter en détail cette tombe si richement décorée. Après quoi, Sophie donna le signal de revenir au jour pour prendre le bus et se diriger vers la Vallée des Nobles.

– Je vous promets un vrai régal pour les yeux, annonça-t-elle.

Alisson ignorait à ce moment que d'autres yeux allaient s'intéresser beaucoup plus à elle qu'aux fresques magnifiques de la Vallée des Nobles. Et John et Viviana ne se doutaient de rien.

15/ Le piège se referme

La tombe de Sennedjem impressionna beaucoup Alisson ; elle resta longtemps immobile devant le portrait du défunt et de son épouse, superbement vêtus, levant leurs mains vers les divinités du jour et de la nuit, les étoiles, et ce grand cercle rouge dont Jean-Tim lui avait parlé. Elle chercha à se rappeler ses paroles pendant qu'ils regardaient, la veille, le soleil se coucher sur la montagne : « Le soleil est parti dans le monde souterrain. Souvent quand tu entres dans une tombe, tu le retrouves sous forme d'une grosse boule rouge peinte par les artisans sur les parois de la tombe. Et le matin, il se lève du côté des villages et des champs. » Alisson venait de

 quitter le soleil en entrant dans la tombe, mais elle le retrouvait là, comme une sorte de disque rouge pulsant sa lumière dans la nuit de la tombe. Étrangement, elle sentait son regard, sa respiration et tout son corps se soumettre à ce rythme auquel elle n'avait jamais vraiment fait attention : le matin, le soir, le jour, la nuit, le soleil qui se lève, le soleil qui descend derrière l'horizon. Et toute la vie de l'homme qui se construit de jour en nuit, de matin en soir, jusqu'à ce qu'arrive le soir de la vie comme pour Sennedjem et son épouse.

Viviana arracha Alisson à sa rêverie. Le bus les attendait pour les déposer devant la tombe de Nakht.
– Pas de crainte de vous perdre, dit Sophie Beaulieu. La tombe est très petite. Nous vous attendrons donc à l'extérieur. Admirez bien les peintures, et si vous avez des questions, nous y répondrons à votre sortie.
Les stagiaires rejoignirent le groupe des touristes qui patientaient. Une bonne surprise attendait Alisson : ce chapeau rose devant elle ne pouvait être que celui de sa vieille amie. Elle se faufila au milieu de la foule et frappa sur l'épaule d'Angelika.
– Alisson, ma chérie, comme je suis heureuse. Alors, comment vas-tu ?
– Très bien, Angelika. Maintenant, ça va. Jean-Tim nous a fait un cours supergénial sur les peuples de la Mer, dans le temple de Ramsès III.

– Ah, ces peuples de la Mer, quels guerriers ! s'enflamma la mamie. Sais-tu qu'ils ont détruit toutes les grandes villes depuis la Turquie jusqu'au sud de la Palestine ?  Ils arrivaient sur leurs bateaux, comme les Vikings, et ils prenaient les villes qui tombaient une à une, tels des dominos.
– Oui, dit tristement Alisson. Même la ville d'Ougarit.
– Bien, Alisson, formidable. Je vois que la fréquentation de ton oncle t'est profitable. Tu connais déjà Ougarit !
– Ben, oui, dit Alisson toute ravie de parler de son oncle. Jean-Timothée s'intéresse beaucoup à cette ville. Les pharaons épousaient parfois des princesses étrangères ; elles devaient quitter leur pays pour vivre à la cour d'Égypte.
– Parfait, Alisson, positivement charmant. Mais dis-moi, tu as dit « maintenant, ça va ». Aurais-tu été malade ?
– Oh, non, Angelika. J'ai eu d'autres ennuis avec un homme-chien. Je préfère oublier.
– Un homme-chien ! Brraah, tu me donnes la chair de poule, Alisson. Je suppose que tu veux parler de quelqu'un qui s'était déguisé en chien, comme Anubis. Il ne t'a pas blessée, j'espère. Mais que te voulait-il, cet horrible animal ?
– Je préfère ne plus en parler, Angelika. Pensons à autre chose.

– Tu as raison, ma chérie. Oublions les mauvais jours. Eh bien, si tu veux, pour te changer l'esprit, j'ai une surprise pour toi, après la visite de la tombe de Nakht.
– Une surprise ?
– Oui, Alisson, il y a un gardien qui m'attend pour visiter une tombe juste à côté. Elle est interdite au public, mais j'ai réussi à marchander avec lui. Enfin, tu comprends ce que je veux dire... (Angelika fit le geste de compter des billets). Il faut dix minutes, pas plus. Il paraît que les plafonds sont superbes.
– C'est que, dit Alisson, je n'ai pas la permission de quitter le groupe. Est-ce qu'on pourrait y aller tous ?
– Je ne crois pas, non ; mais tes deux amis, sans doute. Nous allons demander au gardien. Mais excuse-moi, c'est mon tour. Je ne veux pas manquer ces trois musiciennes, si belles, si élégantes, ni les canards qui s'envolent au-dessus des marais. Positivement charmants ! Allez, Alisson, je t'attendrai à la sortie.

Alisson informa Léonard, Viviana et John de la proposition d'Angelika.
– Et si c'était un piège ? dit Léonard.
– Un piège ! Tu vois mamie Angelika nous tendre un piège !
– Elle, peut-être pas, mais le gardien. Suppose qu'il veuille la dévaliser, je ne sais pas moi, la tuer pour lui prendre son argent.
– Alors, dit John, c'est facile à vérifier. Si le gardien ne

nous accepte pas, c'est qu'il veut être seul avec Angelika pour lui faire un mauvais coup. S'il accepte qu'on vienne, c'est que tout va bien.  Il cherche seulement à gagner un peu d'argent en faisant visiter une tombe interdite au public.

La tombe de Nakht était vraiment superbe. Léonard admira la scène de chasse dans les marais, avec ses canards aux ailes déployées qui fusaient vers le ciel. Viviana et Alisson s'attardèrent sur la scène du banquet, une vraie noce où les gens mangeaient les meilleurs plats. Mais quand elles se trouvèrent en présence des musiciennes dont Angelika avait parlé, Alisson se dit qu'elle n'avait jamais rien vu de plus beau. L'une jouait de la flûte, l'autre de la harpe, et l'autre d'un instrument qu'elle ne connaissait pas, et que Viviana dit être un luth.

– Comme c'est étrange, songea Alisson à haute voix.
– Moi je trouve ça beau, répliqua Viviana, pas étrange.
– Je veux dire comme c'est étrange de voir toutes ces scènes de vie enfermées dans la terre. Les artistes qui ont peint tout ça, ils savaient bien qu'ils travaillaient pour des morts, et qu'on refermerait la tombe pour toujours. À quoi tout ça leur servait-il ? Les morts n'ont pas d'yeux pour voir dans le noir.
– Ils voulaient que le mort s'en aille au pays d'Osiris avec tout ce qu'il avait goûté de meilleur dans sa vie : les noces, les repas, la chasse, les jeux, la musique.

— Quand on regarde la nécropole depuis l'autre rive, on ne voit qu'une montagne pelée, sans vie. Mais quand on entre dans la montagne, on retrouve les marais, les roseaux, les oiseaux, les bœufs, les moissons, les danseurs. Ça fait comme des petits écrins remplis de joyaux qui scintillent quand on y pénètre. Tu sais quoi ?

— Dis toujours.

— Ces tombes-là sont de vraies maisons ; on dirait que le mort continue de vivre avec toute sa famille et tous ses amis quand il est passé de l'autre côté. J'aimerais bien avoir une tombe comme ça quand je mourrai.

— Alors, ma petite Alisson, il faudra que tu gagnes beaucoup d'argent pour te payer un artiste comme celui qui a dessiné les trois musiciennes !

À la sortie de la tombe de Nakht, Angelika les attendait comme promis. Alisson rechercha Jean-Tim pour l'informer de son intention, mais il n'était pas là. Elle l'aperçut au loin, en train de converser avec Sophie.

— Le gardien veut bien accepter cinq personnes, pas plus, dit Angelika d'une voix discrète. Je lui ai donné deux petits billets de plus.

Il attendait derrière la tombe de Nakht. C'était un homme d'une quarantaine d'années, de beaux yeux, un joli sourire, même s'il lui manquait deux dents. Quand ils furent regroupés, il surveilla les environs avant d'entrouvrir une grille qui donnait sur une petite cour au fond de laquelle on devinait une ouverture sombre.  Le gardien s'y engouffra le premier, suivi d'Angelika aussi joyeuse qu'une collégienne qui fait une escapade dans le dos des surveillants. John dut ployer sa grande carcasse pour pénétrer dans le trou sombre. Ce fut ensuite le tour des trois amis.

Le gardien avait allumé une pile électrique pour éclairer l'étroit couloir où l'on avançait en se courbant, tellement le plafond était bas. Puis cela s'élargit et ils marchèrent debout une bonne minute avant que le gardien ne s'arrête. Sa lampe éclaira, creusé à même le sol, un puits qui empêchait d'aller plus loin.

– Justement, dit Léonard, j'ai une question de Babette, numéro 92 : « Est-ce que c'était vraiment pour empêcher les pilleurs de tombe d'avancer, ou bien est-ce que c'était pour recueillir les pluies d'orage ? »

Viviana le houspilla :

– Oublie les questions de Babette et fais attention où tu mets les pieds.

Le gardien orienta le faisceau de sa lampe pour éclairer le puits, mais on n'en voyait pas le fond. Il fit signe de ne pas approcher, s'accroupit et sortit du puits une longue planche sans doute suspendue à des crochets. Puis il l'installa en travers du trou de façon à faire une passerelle. Sans hésiter, il traversa.

– Trop dangereux, dit Viviana, je n'y vais pas.

 – En appuyant bien ta main contre le mur, tu passes sans problème, affirma John, toujours prêt pour des exercices sportifs.

– Possible, mais c'est dangereux. Suppose que la planche casse.

Le gardien patientait de l'autre côté, éclairant la passerelle improvisée.

– Et que dirait une vieille femme comme moi ? demanda Angelika. Vous êtes jeunes, vigoureux, et vous avez peur ?

John s'approcha de la planche et franchit le puits en cinq pas.

– Pas de problèmes, dit-il. Vous pouvez venir.

Léonard passa à son tour, puis Alisson et enfin Viviana.

– À mon tour, dit la mamie. Voilà un bel exercice qui me rappelle ma jeunesse. Admirez ma souplesse !

– Un moment, s'il vous plaît ! dit le guide.

Il retraversa le puits pour proposer son aide à Angelika. Mais elle le repoussa et s'engagea sur la planche, toute riante. Arrivée au milieu, elle s'arrêta :

– Regardez, je me tiens sur un pied. Quand j'avais votre âge, je voulais faire de la gymnastique.

– Bravo, Angelika ! applaudit John.

C'est alors que le gardien se baissa et tira la planche de toutes ses forces vers lui. Angelika tournoya sur elle-même et tomba dans le puits en hurlant.

– Angelika, murmura, incrédule, Alisson. Vite !
Ils se penchèrent vers le puits et appelèrent, mais la vieille dame ne répondait pas.
– Elle est morte, dit froidement John. Une chute comme ça, ça ne pardonne pas. Quelqu'un a-t-il une lampe ?
– Moi, dit Léonard. J'en ai toujours une sur moi, et aussi toujours un couteau, et un bout de corde. C'est utile à la ferme.
John éclaira le puits en vain, il était trop profond.
– Angelika, réponds, tu entends ? sanglotait Alisson, allongée au bord du trou. Angelika, je t'en supplie, réponds !
Mais aucun son, aucun cri, aucun gémissement ne montaient du puits. Le gardien s'était enfui sans demander son reste. Pour le poursuivre, il aurait fallu retraverser le trou ; mais il avait pris soin de tirer la planche de son côté. Revenir en arrière devenait une opération très risquée.
– On ne peut rien faire pour Angelika, dit John. Le mieux est d'explorer ce côté-ci du couloir pour sortir et donner l'alarme. Et attention où vous mettez les pieds.

Ils débouchèrent dans une salle carrée, où se dressaient des piliers. La lampe de Léonard éclaira des sculptures de dieux, un soleil rouge, un gros œil qui les observait

 sans pitié. John repéra un second couloir de l'autre côté de la salle et s'y engouffra, suivi de ses amis. Au bout du couloir, il y avait une sorte de tunnel, creusé au ras de la terre. Pas d'autre issue.

– En rampant, dit John, je vais pouvoir passer. Vous n'avez qu'à me suivre.

Il mit la lampe de Léonard entre ses dents et s'engagea dans le tunnel. Ils suivirent sa progression aux bruits qui sortaient du tunnel, puis bientôt le silence se fit.

– John, appela Viviana, est-ce qu'on peut y aller ?

Aucune réponse ne sortit du trou noir.

– Tant pis, dit Viviana d'un air décidé. Je ne peux pas le laisser seul. De toute façon, c'est la seule façon pour quitter ce trou à rats.

Elle s'engagea dans le tunnel. Plus petite que John, elle put se mettre à quatre pattes.

Au bout de quelques minutes, Léonard s'engagea à son tour et Alisson décida de le suivre. Devant elle, Léonard parlait pour se donner du courage :

– Ben, quand je vais raconter ça à Maxime.

Alisson avait plutôt envie de pleurer. Elle se disait que pour raconter cette histoire à quelqu'un, il fallait d'abord sortir vivant. Le tunnel ne s'agrandissait pas. Toujours à quatre pattes, elle suivit Léonard un bon moment. Enfin, elle crut deviner un peu de lumière grise, et c'est alors qu'elle entendit Léonard émettre un drôle de bruit, comme un cri de souris. Arrivant à son tour à la fin du tunnel, elle sortit la tête, contente de retrouver un peu plus d'espace et de lumière. Mais un sac noir lui entoura la tête pendant qu'on l'extirpait brutalement du tunnel. Elle hurla, se débattit, mais ses agresseurs tenaient bon. L'air lui manquait, elle cessa de remuer pour ne pas mourir asphyxiée.

16/ Dans les griffes d'Anubis

Alisson sentit qu'on la transportait sans ménagement, puis quelqu'un lui lia les bras par-derrière, à la hauteur des coudes, comme on le faisait, sur les bas-reliefs, aux prisonniers de Ramsès III. On la laissa encore un long moment la tête dans le sac. Elle veilla à bouger le moins possible pour ne pas gâcher le peu d'air qui arrivait jusqu'à elle. Enfin, le sac lui fut enlevé.

Elle le reconnut aussitôt. L'homme-chien se tenait dans le fond d'une salle assez grande, décorée de piliers. Une lumière verdâtre, qui tombait d'un trou du plafond, lui donnait une laideur cadavérique. Elle chercha ses amis du regard ; en vain. L'homme-chien ricana :

 – Ne te fais pas de souci pour eux, Alisson. Ils sont entre de bonnes mains et, comme toi, dans l'incapacité de bouger. Vous voilà saucissonnés comme des Shoshou. Ah, ah, ah!

Les Shoshou, c'était ces prisonniers dont Jean-Timothée avait parlé. Alisson se rappela ce qu'avait dit son parrain sur les connaissances de Kaligane. À coup sûr, c'était bien lui qui se cachait derrière ce masque. L'idée lui vint soudain que s'il se cachait, c'était peut-être parce qu'elle l'avait déjà rencontré à visage découvert et qu'il ne voulait pas se faire reconnaître. L'homme de l'aéroport peut-être. Restait la voix, mais le masque l'assourdissait. Alisson n'aurait même pas su dire s'il s'agissait d'une voix d'homme ou de femme.

– Je t'avais dit, chère Alisson, que nous allions nous retrouver. Tu n'as reçu en effet que la première étape de l'initiation; maintenant il faut passer à la seconde, celle qui fera de toi, définitivement, une disciple du dieu Osiris, dont je ne suis que l'humble serviteur.

– Je sais, gronda Alisson, *je suis grand et petit à la fois, je suis le maître des quatre fils d'Horus.* Vous vous prenez pour Anubis, mais vous n'êtes qu'un escroc. Ça ne suffit pas à me faire peur.

– Bravo, chère petite Alisson, mille bravos. Tu as donc déchiffré l'énigme. Sans doute avec l'aide de ton oncle, le célèbre professeur.

– Vous vous trompez, on n'a eu besoin de personne.

– Tes amis, alors ? Encore bravo. Mais malheureusement, tu seras la seule à bénéficier de l'initiation.  Tout le monde ne peut pas rentrer dans le cercle très étroit des initiés d'Osiris !

Curieusement, Alisson n'avait pas peur. Elle se sentait très en colère.

– Vous êtes un assassin, vous avez tué mamie Angelika. Pourquoi ? Qu'est-ce qu'elle vous avait fait ?

– Cette grand-mère n'était qu'une vieille pie bavarde, sans aucun intérêt. Elle m'a servi à vous attirer jusqu'à moi. Ce que je veux ? J'y viens, chère disciple d'Osiris. Tu le sais puisque tu as trouvé l'énigme : je suis Anubis, le maître initiateur. Je prépare les mortels au grand passage, je veille à leur embaumement, je purifie leur esprit pour qu'ils se présentent avec confiance au terrible examen de la pesée de l'âme. Regarde, la voilà dessinée sur cette paroi de la tombe où nous nous trouvons. Voici le défunt, et auprès de lui, pour le présenter au divin Osiris, moi, Anubis, l'avocat des humains auprès du dieu puissant. Vois ici cette balance où l'on pèse les bonnes actions du défunt. Son bonheur, au pays d'Osiris, dépend du poids de ce plateau. Je suis le protecteur des humains, chère Alisson, et je n'aime donc pas que certains individus m'échappent.

– Vous délirez.

– Et je n'aime pas qu'on m'interdise l'entrée du lieu des morts, où qu'il se trouve. Une tombe vient d'être

 découverte, et personne ne m'a tenu au courant ! Moi, le grand Anubis, alors que j'aurais dû être le premier informé !
— Nous y voilà, murmura Alisson.
— Oui Alisson, et remercie le dieu Osiris de t'avoir désignée pour me dire ce que tu sais au sujet de cette tombe. C'est un grand honneur qui t'est fait !
— Je ne sais rien, je vous préviens, cria Alisson sur un ton précipité.
— On dit ça, on dit ça, ricana Anubis. Cherche bien dans ta mémoire, ton oncle a dû te parler de cette fameuse tombe. Une tombe, paraît-il, d'un grand intérêt. Il t'a sans doute dit où elle se trouvait.
Alisson se maudit d'avoir questionné son oncle. Il avait fini, pour lui être agréable, par lui confier l'endroit.
— Je vous l'ai dit, je ne sais rien, martela-t-elle d'une voix qu'elle voulait assurée.
— Oublions cela, veux-tu, et passons au second stade de ton initiation. Tu verras qu'après la cérémonie, la vraie disciple d'Osiris que tu seras devenue se montrera beaucoup plus bavarde.
L'homme-chien claqua dans ses mains et deux individus sortirent de derrière les piliers. L'un portait un masque-plastron représentant une lionne, l'autre une figure d'ibis. Ils disposèrent devant l'homme-chien un trépied de bronze et y mirent un vase de métal fermé par un couvercle percé de trous. Ils placèrent également un panier en osier, recouvert lui aussi d'un couvercle. Après

une profonde révérence à leur maître, ils se retirèrent.

– Grâce à la lionne Sekhmet, déesse magicienne, et au dieu Thot, dieu scribe qui enregistre sur un papyrus les destinées des humains, te voilà prête pour l'initiation, chère Alisson. Si tu veux paraître devant le dieu Osiris, il faut préparer ton âme à la pesée, et donc te débarrasser de ce gros mensonge qui alourdirait le mauvais plateau. C'est pourquoi je te le répète, confie à Anubis l'endroit où se trouve la tombe découverte par le professeur Vialassoux.

– Mon oncle garde ses secrets pour lui, gronda Alisson, décidée à ne rien dire.

– Tu ne veux pas parler ? Cela ne fait rien, dit l'homme-chien en claquant une nouvelle fois dans ses mains.

L'homme-lionne revint avec une torche allumée, l'homme-ibis avec une petite table de bronze où étaient disposés deux bols. Et Alisson eut le temps de se dire qu'il devait s'agir d'objets volés dans les tombes et que l'endroit où elle se trouvait était sans doute leur repaire. L'homme-chien se saisit de la torche, ouvrit le couvercle du vase disposé sur le trépied, en alluma le contenu et referma le couvercle. Une fumée lourde et parfumée s'éleva par les trous. Alors l'homme-chien approcha le trépied d'Alisson qui se retrouva entourée d'une odeur d'encens plutôt agréable, quelque chose de suave, comme un parfum sucré. Puis l'homme-chien se saisit d'un des deux bols disposés sur la table et

 s'approcha d'Alisson en récitant une incantation :
— Ô, Amon, donne-moi une douce brise. Ô Menqet, donne-moi de la bière, ô Akhet, donne-moi du lait.

Il avança vers Alisson et approcha le bol de son visage. Alisson était bien décidée à ne pas se laisser faire et serra les dents. Mais, chose étrange, lorsque le bol toucha ses lèvres, elle ouvrit la bouche et en avala le contenu. Elle se sentait heureuse, détendue, et l'homme-chien n'eut aucune peine à lui faire boire le contenu du second bol.

— Te voilà nourrie des offrandes de vie, Alisson. La brise d'Amon t'enveloppe, la bière et le lait des dieux te rassasient. Il faut maintenant te débarrasser de ce qui alourdit ton esprit. Es-tu prête, chère disciple, à répondre à mes questions ?

— Parfaitement, ô grand Anubis, répondit Alisson en souriant béatement. Tout ce que tu veux savoir, je te le dirai.

— Te voilà devenue une initiée bien docile, Alisson, et je m'en réjouis. Mais ne perdons pas de temps : que t'a dit ton oncle à propos de la tombe qu'il a découverte ?

— Il m'a dit qu'elle est ici, sur le sentier de la Vallée des Rois, entre le temple d'At, d'Atsh...

— Hatshepsout, oui, compléta l'homme-chien. Entre le temple d'Hatshepsout et ?

— ... et les tombes de la XIe dynastie.

— Parfait. A-t-il précisé l'endroit ?

– Oui, bien sûr, elle se trouve tout près de la première tombe, un peu avant quand on vient du temple.
– Parfait, fidèle disciple d'Osiris. T'a-t-il dit comment on en trouve l'entrée ?
– Non. Mais je dois y aller avec lui, demain ou après-demain, je ne sais pas. Il me l'a promis.
– Sais-tu ce que contient cette tombe ?
– Non.
– Et qui y est enterré ?
– C'est une princesse ougaritaine, Bat-Yarik. Elle est venue en Égypte épouser Ramsès II.

L'homme-chien émit quelques ricanements :
– Merci, Alisson. C'est tout ce que je voulais savoir. Mais je n'attendrai pas que ton oncle te conduise à la tombe, j'y serai passé avant ! Et maintenant, je dois malheureusement te quitter, car mes journées sont très chargées. Mais j'ai encore deux choses à faire. La première, c'est de te soulager de ce beau scarabée attaché à ton cou. Un cadeau de ton oncle, je suppose. Il ne s'est pas moqué de toi, le professeur. C'est un métal de grand prix, un mélange naturel d'argent et d'or qu'on appelle l'électrum. Les Égyptiens l'utilisaient beaucoup pour leurs bijoux. Une vraie merveille.

L'homme-chien arracha brutalement le scarabée et l'examina d'un œil avide avant de l'enfouir dans sa poche.
– La dernière chose, enfin, c'est de te confier la garde d'Apophis, le dieu du Chaos, qui cherche toujours à tout

 détruire sur la terre. Sauras-tu bien le garder, Alisson ? Il ne doit pas quitter cette salle souterraine. Tu vas voir, c'est un gentil petit animal.

— Oui, Maître, s'entendit répondre Alisson, je le garderai puisque vous le demandez.

— Parfait, parfait, ricana l'homme-chien. Et moi, maintenant, je vais retrouver l'air libre. Et comme dit l'énigme : *Si tu veux trouver l'air, il faut ouvrir la bouche.* Réfléchis bien à celle-là, Alisson, mais je crains qu'elle ne te serve pas à grand-chose ! Malheureusement pour toi ! Ah, ah !

Il souleva délicatement le couvercle du panier d'osier. Une tête de cobra se dressa et se balança devant les yeux d'Alisson.

17/ Le cobra

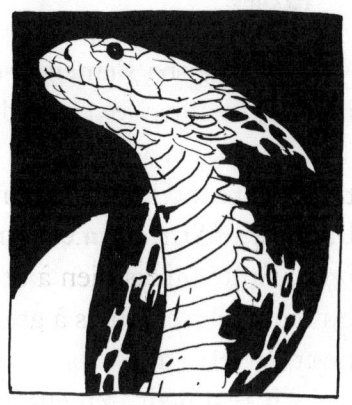

– On s'est fait avoir comme des débutants, dit John.

Il était le premier à s'être débarrassé du sac :
– Ces gens-là sont des tueurs, grogna-t-il ; ils veulent nous faire mourir étouffés. Vous avez vu ce qu'ils ont fait à Angelika ?

John pouvait toujours causer, Viviana et Léonard, la tête enfouie dans un sac, n'entendaient rien de ce qu'il racontait. Il réussit à se traîner auprès de Viviana et entreprit d'enlever le sac à l'aide de ses dents.

– Ouf, murmura l'Italienne, la figure toute violacée, c'était limite.

 John fit de même pour Léonard, dont la tête affaissée montrait qu'il était évanoui. Viviana reprenait lentement ses esprits.

— Vite, supplia John. Tu ne peux pas défaire tes cordes, mais les miennes, avec tes dents, essaie.

Elle s'attaqua aux liens de John avec ses dents. Il lui fallut un bon quart d'heure pour arriver à un premier résultat.

— Ça y est, dit John, je remue un bras.

Quelques minutes encore d'efforts, et John se retrouva les mains libres. Il délia les cordes de ses pieds avant de s'occuper de ses amis. Léonard avait le regard vague, mais il respirait. Viviana lui tapota le visage et John enleva sa chemise pour le ventiler. Au bout de quelques minutes, il revint à lui, avec l'air égaré de quelqu'un qui sort d'un mauvais rêve.

— Et maintenant, Kaligane, à nous deux, rugit John.

— N'oublions pas Alisson, dit Viviana. Pourquoi elle n'est pas avec nous ?

— C'est elle qui les intéresse. Ils veulent la faire parler. Peut-être qu'ils sont encore là, dans une pièce voisine.

— Je ne vois pas de porte pour sortir d'ici, dit Viviana, il doit pourtant y en avoir une.

— Mais on peut mettre toute la nuit pour la trouver.

— Regardez, dit soudain Léonard qui avait retrouvé ses esprits, vous voyez ces grappes noires au plafond ?

— Des champignons, dit Viviana. Ils sont énormes.

— Pas du tout, ce sont des chauves-souris géantes.

Viviana en frissonna d'horreur.

– Des chauves-souris, si jamais elles se prennent dans les cheveux…

– Arrête de jouer la Parisienne, la gronda Léonard. Les chauves-souris, ce sont des bêtes gentilles. Chez mon grand-père…

– Ne nous ennuie pas avec ton grand-père, Léo. Si tu as une idée, dis-la.

– Ben, dit Léonard, si elles sont entrées, ce n'est pas par la porte.

– Par où, alors ?

– J'aperçois une sorte de trou, là-haut, sur le côté. C'est par là qu'elles sont venues. C'est par là qu'on pourrait sortir, si on avait des ailes.

– Viviana, ordonna John, monte sur mes épaules et dis-nous si nous pouvons passer par là.

Viviana grimpa sur les épaules de John, mais malgré tous ses efforts, elle était encore trop bas pour pouvoir examiner le trou qui surplombait sa tête.

– Alors, dit John, Léonard monte sur mes épaules et Viviana sur celles de Léonard. Ça ira ?

– On va se casser la figure, pronostiqua Léonard.

Il réussit à grimper sur les épaules de John qui s'était baissé, mais quand Viviana grimpa à son tour, Léonard vacilla et chuta, entraînant ses deux amis au sol.

– Changeons de tactique, dit Viviana. Regardez, il y a des sculptures, je peux caler mes pieds dans les creux. Avec un peu de chance, je dois pouvoir grimper là-haut.

– Prends mon couteau, proposa Léonard.

Viviana s'accrocha au mur, chercha des anfractuosités pour ses pieds et s'aida du couteau qu'elle planta dans les joints entre les pierres à mesure qu'elle progressait.
– J'y suis, annonça-t-elle à voix basse. Oh !
– Quoi, qu'est-ce qu'il y a ?
– Ça donne sur une cour. Il y a un escalier. Attendez, j'arrive.
Elle disparut dans le trou du plafond. Deux minutes après, une fresque du dieu à tête d'ibis se mit à bouger, découvrant une porte que Viviana venait d'ouvrir sans difficulté depuis l'extérieur.
– Vite, dit John.

La cour était entourée de murs infranchissables, mais il y avait deux soupiraux au ras du sol, qu'ils inspectèrent avec soin.
– Si j'essayais d'appeler Alisson ? proposa John.
– Mais on est mal si ce sont les autres qui rappliquent !
– Tant pis, dit John. On ne peut pas attendre. Je crois apercevoir le sol, mais j'ai perdu ta lampe, Léonard. Allez, je saute.
Il se laissa descendre par un soupirail et lâcha les mains. Bientôt sa voix monta d'en bas :
– O.-K., vous pouvez venir.

– Pas de sac noir à l'arrivée en guise de bienvenue, c'est toujours ça, murmura Léonard.

Ils se retrouvèrent tous les trois dans un vaste couloir semblable à celui d'une tombe en forme de syringe.

– La grande salle doit être par là, dit John.

Ils marchèrent sur une vingtaine de mètres avant de déboucher dans un petit espace d'où partait un autre couloir, à l'équerre du premier. Tout un bric-à-brac s'entassait là, des objets rassemblés par les pilleurs de tombe. Il y avait aussi deux chaises et une table sur laquelle étaient posés un reste de pain, un panier de figues, et une brique de lait. Ils empruntèrent le couloir suivant et finirent par déboucher dans une salle assez vaste dont l'entrée, sans porte, était protégée par plusieurs piliers. John, qui marchait en tête, s'arrêta soudain, pétrifié. Viviana et Léonard le virent reculer imperceptiblement, jusqu'à ce qu'il se trouve à l'abri des piliers.

– Terrible, souffla-t-il.

– Qu'est-ce que tu as, John ? Tu es tout pâle.

– Un serpent, souffla-t-il. Je l'ai vu, il bouge.

– Je n'ai pas peur des serpents, dit Léonard. Ils ont le droit de vivre comme tout le monde. Mais si celui-là nous embête, je peux le tuer avec mon couteau.

– Alisson, murmura John, est tout près du serpent, ligotée. J'ai croisé ses yeux, elle est dans le vague. Ils ont dû la droguer.

 Léonard prit la situation en main.
— Arrêtez de vous faire peur, gronda-t-il avec une autorité qu'ils ne lui connaissaient pas. Un serpent n'est qu'un serpent.
— C'est un cobra, dit John.
— Un cobra est un serpent. Un serpent mortel, mais un serpent quand même. Si on veut l'avoir, il faut penser serpent.
— Ah, oui, se moqua Viviana. Eh bien moi, je ne sais pas penser serpent, si tu veux savoir ! Alisson est en danger de mort, et toi, tu nous fais de belles théories sur la pensée des serpents !
— Tais-toi, gronda Léonard. Et suivez-moi.

Ils retournèrent à l'endroit où était le bric-à-brac. Sans un mot, Léonard choisit un bol qui devait servir à mettre les boissons qu'on destinait aux morts, et avec son couteau, il ouvrit la brique de lait.
— Les serpents aiment le lait. Je vais essayer de l'attirer. Restez ici, si vous avez peur.

Il repartit d'un air décidé au secours d'Alisson, suivi de ses deux amis. Arrivé à l'entrée, il leur fit signe de rester cachés derrière les piliers, puis il versa du lait dans le bol et s'avança doucement entre les piliers, le plus près possible du cobra. Ils devinèrent dans la pénombre qu'il venait de déposer le bol et qu'il épiait maintenant les réactions du reptile. Au bout d'un quart d'heure peut-être, ils le virent reculer lentement et revenir vers eux.

– Ça y est, dit-il, il a mordu à l'hameçon. Pas le temps de détacher Alisson, il faut la traîner à l'abri du serpent le plus vite possible. John, tu es le plus costaud,  c'est toi qui dois le faire. Attention, ne dérange pas le cobra. Passe derrière le pilier le plus à droite, juste à côté du mur. Moi, je surveille la bête.

John entra lentement dans la pièce en longeant le mur, pendant que Léonard retournait à sa surveillance. Viviana se mit à réciter en italien des formules magiques. John apparut derrière le pilier de droite, traînant Alisson par les pieds. Il passa tout près d'elle mais continua dans le couloir pour être sûr qu'il n'y ait plus de danger. Puis Léonard les rejoignit.

– C'est un beau, murmura-t-il, admiratif. Dommage qu'on n'en ait pas des comme ça dans la Creuse.

18/ « Si tu veux trouver l'air... »

– Il faut filer d'ici, dit John. Pas question de repartir par le soupirail. Et de l'autre côté, il y a notre ami le cobra. Nous sommes coincés.

– Pas encore, dit Viviana, Dans le coin au bric-à-brac, j'ai cru deviner une porte dans le mur.

– Souhaitons que tu aies raison.

Viviana avait vu juste. La forme d'une porte se découpait dans le bas-relief qui représentait la déesse Isis, debout devant un enfant au crâne rasé, avec une mèche de cheveux peignée sur le côté.

– C'est Harpocrate, dit savamment Viviana. Un autre nom qu'on donne au dieu Horus.

– Il y a une porte, c'est sûr, dit John. Mais je ne vois pas de serrure.
– Sans doute un mécanisme caché. Appuyons sur les mains et les pieds du dieu, proposa Léonard.

Ils commencèrent à tâtonner sur la paroi, en vain. Seule Viviana ne faisait rien ; elle contemplait la scène, qu'elle trouvait d'une grande beauté.

– Viviana, s'il te plaît, ordonna John, arrête de te croire en salle de cours.

– Je crois que j'ai trouvé, répliqua-t-elle. Regardez, Isis tient dans sa main la croix de vie, qu'on appelle le Ankh. Elle le tend à son enfant Harpocrate. Vous ne remarquez rien ? Le Ankh est situé exactement à la place d'une poignée de porte. C'est là qu'il faut chercher.

Mais ils eurent beau pousser sur la croix de vie, essayer de la déplacer, rien ne bougea.

Viviana s'était replongée dans sa contemplation de la scène quand soudain Alisson, revenue de sa stupeur, se toucha le front.

– Attendez, ça me revient maintenant. Ce n'est peut-être pas important, mais l'homme-chien s'est moqué de moi avant de me quitter. Il a dit, il a dit… attendez que je me rappelle : « Je m'en vais trouver l'air. » C'est ça, oui, j'en suis sûre. Et il a ajouté : « Comme dit l'énigme, *si tu veux trouver l'air, il faut ouvrir la bouche.* » Ensuite, il s'est mis à rire.

– Si tu veux trouver l'air, répéta Viviana en regardant

la paroi, si tu veux trouver l'air. Ouais !
Je crois que j'ai trouvé !
Elle se tourna vers ses amis :
– Quel est le hiéroglyphe pour représenter un *r* ?
– Ben, la bouche, dit John. Tout le monde sait cela.
– La bouche, parfaitement, dit Viviana. La bouche représente le *r*, et pour trouver… l'air, il faut ouvrir la bouche.
Ils se précipitèrent pour examiner la bouche d'Isis, puis celle d'Horus. Rien d'anormal. Elles étaient ciselées dans la pierre et ne cachaient aucun secret.
– Ce ne serait pas plutôt ici que ça se passe ? demanda Léonard en désignant un cartouche où était dessinée une jolie bouche.
Il avait joint le geste à la parole. On entendit grincer, et la porte commença à s'ouvrir lentement, dévoilant un coin de ciel tout bleu.

Leurs yeux clignèrent dans la lumière intense. Ils firent une dizaine de mètres en titubant comme des hommes ivres. Puis ils virent des formes noires, et se retrouvèrent très vite entourés. Leurs amis stagiaires ne les avaient pas abandonnés, ils les avaient cherchés dans tous les recoins. Jean-Tim et Sophie Beaulieu accoururent à leur tour. Alisson résuma ce qui leur était arrivé.
Jean-Tim aurait bien eu envie de lui reprocher son imprudence, mais il n'en avait vraiment pas le temps. La

 vie d'Angelika était en jeu. Peut-être était-elle déjà morte, mais tant qu'il restait un peu d'espoir, il fallait tout tenter. Pendant que Mostapha allait chercher la police chargée du tourisme, Jean-Tim demanda à Sophie Beaulieu de rentrer avec les stagiaires à Louxor ; il resterait avec Mostapha et les policiers. John et Viviana voulurent les accompagner, mais Jean-Tim se montra intraitable. Il ne voulait pas exposer la vie de ses deux stagiaires en cas de fusillade avec l'homme-chien et ses pilleurs de tombes.

Alisson et ses amis retraversèrent le Nil et retrouvèrent avec soulagement leur hôtel. C'était un après-midi particulièrement chaud, et ce qu'ils venaient de vivre les avait très éprouvés. Ils burent de grands verres d'orangeade et se réfugièrent à l'abri des palmiers du patio, où on avait eu la bonne idée de disposer des hamacs. Alisson, l'esprit encore embarbouillé par la drogue qu'elle avait respirée, se remit calmement de tout ce qui était arrivé. Le souvenir de la France lui revint soudain, juste le temps qu'elle s'étonne d'avoir totalement oublié sa famille et sa ville. Le film de tout ce qui s'était produit sur le sol égyptien se mit à défiler confusément dans sa tête. Elle s'obligea à le mettre bien en place, à la recherche d'une clé qui lui permettrait de comprendre le sens de tout cela. Soudain elle eut des frissons dans tout le corps, car l'image du cobra se balançant devant elle lui revenait à l'esprit. Pourtant une chose la troublait : elle aurait dû être terrorisée par la bête venimeuse, mais elle ne se rappelait rien de tel.  Elle se souvenait qu'elle le voyait se balancer tout près de son visage, et qu'elle le regardait avec indifférence ! Ils l'avaient droguée, voilà l'explication. Elle était dans un état de demi-conscience, à cause de la fumée qui l'entourait, une fumée douce et âcre à la fois. De l'opium, sans doute, ou une drogue de ce genre. Elle se souvint aussi qu'elle parlait avec l'homme-chien. Il lui posait des questions, elle trouvait tout cela très amusant ! Oui, ils l'avaient droguée, et alors, et alors…

… elle avait dû sans le vouloir révéler à l'homme-chien ce qu'il voulait savoir : L'EMPLACEMENT DE LA TOMBE DE BAT-YARIK ! ELLE AVAIT TRAHI LE SECRET, ET JEAN-TIM N'ÉTAIT AU COURANT DE RIEN !

19/ Le secret trahi

Alisson se précipita vers Viviana pour lui confier l'horrible vérité. Elle avait dû, sans s'en apercevoir, trahir le secret.

– C'est très grave, dit Viviana. Il faut prévenir Sophie.

Les deux amies se précipitèrent dans la chambre de la directrice, mais ne l'y trouvèrent pas. Elle se tenait sur les bords du Nil, attendant la felouque qui ramenait Jean-Tim et Mostapha. Elles coururent comme des folles, arrivèrent au moment où Jean-Tim, venant de débarquer, bavardait avec Sophie. Alisson se réfugia en pleurs dans les bras de son oncle.

– Qu'est-ce qui t'arrive, Alisson ?

 — Jean-Tim, sanglota-t-elle, j'ai trahi le secret.
— Reprends-toi, voyons, respire calmement, tu verras, ça ira mieux.
— Tu ne comprends pas, sanglota de plus belle Alisson, LE SECRET, je l'ai trahi. Ils savent tout maintenant. Je n'ai pas fait exprès, j'étais droguée.
— Parfait, répondit Jean-Tim en lui caressant les cheveux. Parfait.
Alisson se demanda si son oncle avait bien compris. Elle s'attendait à tout, à une grosse colère de sa part, mais pas à ce « parfait » qui tombait de sa bouche comme une colombe du ciel tandis qu'ils rentraient vers le camp et qu'il lui avait pris la main.
Jean-Tim reprit sa discussion avec Sophie Beaulieu :
— C'était bien la cache des pilleurs. On a retrouvé des objets sans grande valeur, mais qui viennent tous de la nécropole. Les policiers ont neutralisé le cobra.
— Et Angelika ? demanda Alisson d'une voix faible. Dis, Jean-Tim, est-ce qu'elle…
— Angelika ne souffre pas, répondit Jean-Tim d'une voix calme.
— Si elle ne souffre plus, tu veux dire qu'elle est…
— Angelika n'est pas morte, Alisson. Elle n'est pas blessée non plus, et elle ne souffre pas.
« Angelika ne souffre pas, Angelika n'est pas morte. » Voilà que Jean-Tim parlait d'une façon énigmatique, comme l'homme-chien.

L'homme-chien! À l'évocation de ce nom, elle porta vivement la main à son cou, se rappelant de vagues images où l'horrible Anubis s'approchait d'elle et lui arrachait quelque chose. Elle cria!
— Jean-Tim, on me l'a volé!
— Quoi donc?
— Le scarabée que tu m'avais offert, l'homme-chien me l'a arraché.
— Parfait. Vraiment parfait! murmura Sophie Beaulieu. Et son visage s'illumina d'un sourire complice en regardant le professeur Jean-Timothée Vialassoux.

Alisson n'y comprenait plus rien. Jean-Tim et Sophie étaient-ils devenus fous? Chaque fois qu'elle leur annonçait une tragédie, voilà qu'ils se regardaient en souriant et qu'ils répétaient la même chose: parfait, vraiment parfait! Étaient-ils de mèche avec les pilleurs de tombes? D'ailleurs, John n'avait-il pas vu Sophie en train de discuter avec les deux hommes à lunettes noires? Non, tout cela était trop compliqué, trop invraisemblable: Sophie complice de Kaligane! Mais si Sophie l'était, Jean-Tim l'était aussi! Cela expliquait pourquoi ils se réjouissaient chaque fois que Kaligane avait marqué un point. Non, c'était absurde! Mais elle n'eut pas la force de leur demander des explications, elle tombait de sommeil. Sans doute un dernier effet de la drogue qu'on lui avait fait absorber. Jean-Tim dut la porter pour l'allonger dans un hamac où elle s'endormit aussitôt.

Elle rêva de choses très étranges. L'homme-chien, bien sûr. Il s'approchait, elle apercevait ses crocs énormes, menaçants, ses grandes oreilles. Dans son rêve, elle essayait de se rappeler où elle avait déjà vu des grandes dents et des grandes oreilles, mais elle ne réussissait pas à s'en souvenir. L'homme-chien lui arrachait le scarabée qu'elle portait au cou, elle cherchait à l'en empêcher, mais il lui mordait cruellement la main, elle sentait les crocs s'enfoncer dans ses os. Alors, elle tombait sans plus finir dans le puits, exactement comme mamie Angelika, Angelika qu'elle entendait hurler sans rien pouvoir pour elle. Mais au moment où elle allait se fracasser au fond du puits, elle se sentit atterrir sur quelque chose de mou et de confortable comme un lit. C'est alors qu'une main toucha son épaule. Elle crut que c'était dans son rêve, mais la main insistait, et elle ouvrit les yeux. Une face grimaçante, zébrée d'ombres profondes, était penchée sur elle. Deux yeux la regardaient, une voix chuchota :

– Alisson, réveille-toi et réveille tes amis. Et pas de bruit surtout.

Maintenant que la torche électrique s'était détournée, le visage penché sur elle ne grimaçait plus. C'était Jean-Tim. Elle se leva sans bruit, et s'aperçut que ses trois amis avaient décidé de dormir dans les hamacs voisins, fidèles à leur promesse de ne jamais la laisser seule. Ils se

retrouvèrent tous les quatre debout, les pieds nus sur les dalles fraîches du patio.
Sans un mot, Jean-Tim les entraîna au bord du Nil, avec Sophie, Mostapha et le patron de la felouque qui allait les conduire de l'autre côté du fleuve.

John voulut demander quelque chose, mais Sophie Beaulieu leur déclara qu'à partir de cette minute, ils devaient éviter de parler, ne pas siffler, ne pas crier, ne pas faire de gestes brusques. Ils embarquèrent un à un, et la voile se gonfla dans la brise de cette nuit très claire où Thot, le dieu Lune, les regardait de son œil rond.

De l'autre côté du Nil, deux hommes les attendaient à côté de véhicules tout terrain. Malgré l'obscurité, Alisson et John les identifièrent aussitôt : c'étaient les deux hommes qui les avaient suivis en voiture le long du chemin, ceux que John avait cru apercevoir en train de s'entretenir avec Sophie Beaulieu.

– On avait tout faux, les copains, murmura Viviana. Ce n'étaient pas des pilleurs de tombes !

– Je m'en doutais, chuchota John, ce sont des policiers. On n'était donc pas seuls.

Ils se répartirent dans les deux 4 × 4. Le bruit des moteurs se fit à peine entendre lorsqu'ils démarrèrent. Ils remontèrent le chemin qui conduit à la nécropole, passèrent auprès des colosses de Memnon, ces géants de pierre qui semblent garder l'entrée du pays des morts. Au beau milieu de la nuit, leur masse sombre, d'une

 vingtaine de mètres de haut, était assez terrifiante. Alisson remarqua que le policier assis à côté de Sophie avait posé sur ses genoux un instrument, fait d'un boîtier et d'une antenne qu'il avait déployée. Sur le boîtier, un écran vert s'alluma, révélant un point lumineux en mouvement.

– Ça marche, murmura Jean-Tim en s'approchant de la nuque de Sophie, placée juste devant lui. Il mord à l'hameçon.

Sophie Beaulieu se mit à conduire en fonction des instructions du policier qui observait le déplacement du signal lumineux de l'écran. Ils avançaient très lentement, s'arrêtaient de longues minutes, puis le policier faisait signe qu'on pouvait repartir. Bientôt, les deux 4 × 4 se séparèrent. Mostapha quitta la piste pour se lancer dans des terrains assez accidentés, et Alisson remercia le ciel d'être dans celui qui restait sur la piste. Elle eut une rapide pensée pour le pauvre Léonard secoué comme un prunier par les cahots du véhicule qui s'attaquait à des pentes raides ; Léonard qui n'avait qu'un désir : passer des jours heureux à la ferme de son grand-père, en compagnie de son ami Maxime !

Le policier ne quittait pas des yeux le signal lumineux. Alisson mourait d'envie de demander à quoi tout cela correspondait, mais elle devait retenir sa langue si elle ne voulait pas se faire rabrouer. Ils arrivèrent à un endroit où se dressait une grande tente militaire. Jean-Tim descendit, l'ouvrit et Sophie engouffra le véhicule à l'intérieur.

– À partir de maintenant, déclara-t-elle, nous continuons à pied. Alisson et John ont droit à quelques explications. Les voici : nous allons sur les lieux d'une tombe qui intéresse beaucoup Kaligane. Et nous lui réservons une petite surprise. Plus une parole, pas de bruit. Si vous voulez communiquer, faites des signes. Le chemin que nous allons prendre est dangereux, suivez bien le policier. Jean-Tim et moi, nous fermerons la marche. Mostapha est passé par un autre chemin, nous le retrouverons sur le site des opérations.

Ils arrivèrent à un endroit qu'Alisson supposa être le sentier de la Vallée des Rois, près duquel se trouvait la tombe de la princesse. Elle eut un pincement au cœur en pensant que c'était elle qui avait trahi le secret. Maintenant, Kaligane connaissait l'endroit. Mais il n'avait peut-être pas encore gagné, puisque l'opération nocturne était faite pour le coincer. « Pourvu qu'on gagne, pria Alisson. Pourvu qu'on l'arrête avant qu'il ne pille la tombe de la princesse. Alors, que j'aie trahi le secret n'aura plus d'importance. »

Le policier leur désigna un endroit légèrement surélevé et leur fit signe qu'ils devaient s'allonger et ne plus en bouger. Lui-même s'installa un peu à l'écart, derrière d'un rocher. Il tenait toujours à la main son appareil.

 Alisson s'allongea entre Jean-Timothée et John. La nuit était assez claire ; la lune caressait d'une lumière d'argent, légèrement bleutée, les rochers de la vallée et les ruines de temples. Quelques chauves-souris avaient commencé leur bal dans les airs. Elles passaient au-dessus de leurs têtes, à la recherche d'insectes à avaler. Soudain, on entendit au loin un bruit de moteur. Le ronronnement grandit tandis qu'apparut, à quelques centaines de mètres, la forme d'une camionnette qui semblait ne pas vouloir aller plus loin. Le moteur s'arrêta et ce fut le silence.

Mais quelques minutes après, deux hommes apparurent dans la nuit.

– Les hommes de Kaligane, murmura Jean-Tim.

Le policier avait sorti son arme. À sa grande stupeur, Alisson s'aperçut que Jean-Tim avait fait comme lui.

20/ L'embuscade

Les deux hommes montaient dans la nuit, exactement dans la direction où Jean-Tim et les autres étaient cachés. Visiblement ils connaissaient les lieux. Alisson se dit qu'ils étaient déjà venus et qu'ils savaient où se trouvait la tombe de Bat-Yarik. Elle s'efforça de chasser l'idée fort désagréable que c'était elle qui les avait renseignés.

Ils s'arrêtèrent à une trentaine de mètres, et disparurent derrière un monticule qui devait cacher la tombe de la princesse. On entendit des bruits mats, sans doute le déplacement de pierres masquant l'ouverture.

 – Ils sont dans la tombe, murmura Jean-Tim. Ils l'avaient déjà repérée.

Le silence se fit de nouveau pendant quelques minutes qui semblèrent une éternité. Enfin on vit les deux hommes réapparaître, et l'un d'eux déployer un poste émetteur-récepteur. Quelqu'un était resté dans la camionnette, attendant le signal de ses lieutenants pour monter en toute sécurité. Le cœur d'Alisson se mit à battre très fort : l'homme qui allait bientôt arriver était Kaligane, personne ne pouvait en douter.

– Le voilà, murmura Jean-Tim.

Une forme humaine en effet était apparue près de la camionnette. On la distinguait très clairement dans la nuit. Mais quand elle fut à bonne distance pour être identifiée, Alisson eut un hoquet de surprise. Ce n'était pas Kaligane qui montait vers eux, c'était mamie Angelika. Angelika qui n'était donc pas morte ! Que venait-elle faire ici ? L'avaient-ils droguée comme Alisson, pour qu'elle accepte de monter toute seule dans la nuit, dans une obéissance absolue ?

Alisson se tourna vers Jean-Tim, mais celui-ci, d'un geste autoritaire, lui imposa de rester immobile. Angelika venait de disparaître à son tour dans la tombe, quand le policier, Sophie Beaulieu et Jean-Tim se levèrent :

– Vous deux, ordonna Jean-Tim à John et à Alisson, vous ne bougez pas d'ici pour l'instant ! Compris ?

Ils avaient tous les trois leur arme à la main. Tandis qu'ils gagnaient l'entrée de la tombe, Alisson aperçut, un peu plus loin, Mostapha et l'autre policier sortir d'une cache avec six hommes armés de pistolets-mitrailleurs.

Alisson assista, fascinée, à leur regroupement silencieux autour de la tombe. Les hommes s'étaient postés devant l'entrée, réservant un bel accueil aux pilleurs qui allaient sortir avec Angelika. Alisson sentit John s'agiter auprès d'elle. N'y tenant plus, il se leva :

– Reste ici si tu veux, mais moi, j'y vais, dit-il.

Elle le suivit sans même réfléchir. Ils arrivèrent derrière les hommes armés au moment où Angelika sortait de la tombe, un pistolet braqué sur sa nuque par un homme qu'Alisson et John reconnurent aussitôt.

– C'est lui, cria Alisson, l'homme qui m'observait à l'aéroport. C'est Kaligane !

– C'est lui qui m'a mis K.-O. au musée, renchérit John. Il a pris Angelika en otage !

– Silence, vous deux ! ordonna Sophie Beaulieu.

D'une main, l'homme tordait le bras d'Angelika ; de l'autre, il braquait son arme sur sa nuque. Alisson se dit qu'il allait négocier sa fuite en menaçant de tuer la mamie au cas où on lui chercherait des ennuis. C'est pourtant le moment que choisit Jean-Timothée Vialassoux pour s'avancer d'un air décidé :

– Alors, Kaligane, dit-il. Le piège a bien fonctionné. Tu es pris !

Il s'avança tranquillement vers Angelika et, d'un geste brusque, tira sur sa chevelure qui lui resta dans la main :

 – Une perruque ! Intelligent, ce déguisement, Kaligane. Qui aurait pu soupçonner une brave mamie ? Surtout une aussi gentille, prévenante envers la nièce du professeur qui venait de découvrir une tombe très alléchante pour des pilleurs comme toi !

– Angelika, murmura Alisson effondrée. Angelika n'est pas une femme. Ce n'est pas possible. C'est une erreur. Elle m'a sauvé la vie, rappelez-vous, aux pyramides.

– Elle ne t'a pas sauvé la vie, Alisson, mais elle a fait semblant, nuance ! Le cavalier était son complice. Ils avaient bien calculé leur coup. Le cheval fonçait droit sur toi, Angelika te sauvait d'une mort certaine en se précipitant pour t'écarter du danger.

– Mais pourquoi ? demanda Alisson au bord des larmes.

– Pour endormir ta méfiance. Elle était jusqu'ici une gentille touriste qui te rendait service. Elle devenait celle qui t'avait sauvé la vie. Quand elle t'a proposé ensuite d'aller visiter la tombe, tu ne pouvais pas penser qu'elle te tendait un piège mortel !

– *My God*, que nous sommes idiots, gronda John en se frappant la tête. Kaligane, Kaligane et Angelika, c'est...

– ... les mêmes lettres. Il suffit de changer l'ordre, dit piteusement Viviana qui venait de rejoindre le groupe avec Léonard.

– On appelle ça une anagramme, dit Jean-Tim savamment. On prend les lettres d'un mot pour en faire un autre. K.a.l.i.g.a.n.e, cela donne A.n.g.e.l.i.k.a. C'est simple, mais il fallait y penser.

Trois policiers sortirent de la tombe, avec les deux complices de Kaligane menottés. On menotta aussi Kaligane ; ainsi le policier qui le tenait en respect put-il rentrer son arme.

– Opération réussie, dit-il. Ils ne s'attendaient pas à nous trouver dans la tombe et se sont rendus aussitôt. Notre plan était parfait : trois de nos hommes à l'intérieur, les autres à l'extérieur. Ils étaient faits comme des rats.

– Tu es un monstre, Kaligane, gronda Sophie Beaulieu. Sans la présence d'esprit de ces jeunes stagiaires, ils ne seraient jamais sortis vivants de la tombe. Mais pourquoi cette simagrée de la chute dans le puits ? Tu n'avais pas besoin de faire disparaître Angelika, puisque tu savais qu'Alisson et ses amis allaient mourir.

Kaligane eut un petit rire de satisfaction :

– Il y a une chose que vous ignorerez toujours, vous les archéologues, c'est ce qu'est un artiste ! Vous n'êtes que de petits tâcherons sans génie. Toujours fouiller, gratter la terre, vous user les yeux à lire des inscriptions à moitié effacées ! Pff ! Et si on vous payait bien encore ! Moi je suis un artiste, et même, sans me vanter, un très grand artiste ! Je vends à des collectionneurs privés qui apprécient mes remarquables compétences en égyptologie. En une seule opération, je gagne plus que ce que vous gagnerez dans toute votre carrière ! Mais qu'on ne s'y trompe

 pas : je ne suis pas un vulgaire voleur. J'ajoute toujours une petite note, disons la signature de mon génie. Et ce coup de faire disparaître Angelika dans le puits, c'était, comment dire ? le clin d'œil artistique, l'acte gratuit qui signait mon œuvre.

– Un filet tendu dans le fond du puits, commenta Jean-Tim. Nous avons retrouvé le filet et une échelle de corde. Ensuite, tu te déguises en Anubis et tu arrives, par un autre chemin, à la salle où débouche le tunnel emprunté par Alisson et ses amis. Là, avec tes complices, vous la droguez et quand elle vous a révélé le lieu de la tombe, vous lui offrez en cadeau un cobra !

– Mais, dit Sophie Beaulieu, tu as commis une double erreur. D'abord tu n'as pas imaginé une seconde que le professeur Vialassoux avait fait exprès de confier l'emplacement de la tombe à sa nièce. Nous soupçonnions déjà que la brave mamie Angelika n'était autre que Kaligane. Sachant que tu n'hésiterais pas à t'en prendre à Alisson pour la faire parler, son oncle lui a révélé ce que tu voulais entendre : l'endroit de la tombe. Mais il s'agit d'une fausse tombe. Ce n'est pas celle de la princesse ougaritaine. Juste un endroit sans intérêt.

Kaligane cracha par terre.

– Mes deux hommes sont des imbéciles. Je les avais envoyés hier repérer les lieux et vérifier l'authenticité de la tombe. Ils n'ont même pas été capables de voir que vous l'aviez trafiquée. Il ne m'a pas fallu plus de trente

secondes pour m'apercevoir que le sar‑
cophage de cette prétendue princesse
était un faux. Un joli faux, sourit-il.
La
jeune personne qui vous a prêté son
visage pour faire le masque-plastron doit être superbe,
dit-il. Félicitez-la de ma part.

– C'est une cousine de Mostapha, murmura Jean-Tim
à l'oreille d'Alisson. Très belle, effectivement.

– La seconde erreur, continua Sophie Beaulieu, c'est
d'avoir sous-estimé ces quatre jeunes. John, Viviana et
Léonard ont réussi à se libérer de leur sac et des cordes, ils
ont trouvé la salle où tu avais laissé Alisson et détourné
l'attention du cobra pour la délivrer. Tu étais tellement
sûr de toi que tu as donné, sous forme d'énigme bien sûr,
la solution pour sortir de la tombe : *Si tu veux trouver
l'air, il faut ouvrir la bouche!* Malheureusement pour toi,
ils l'ont résolue.

– Abrégeons, voulez-vous, grogna Kaligane agacé.

– Ton « génie » comme tu dis, Kaligane, te pousse par‑
fois à faire de grosses bêtises. Tu es aveuglé par l'appât
du gain! C'est ce qui t'a perdu.

– Comment ça? demanda Kaligane intéressé.

– Tu ne te demandes pas comment nous avons fait
pour être ici à l'heure exacte où tu venais piller la
tombe?

– Je me le demande, en effet, admit Kaligane. Mais je
n'ai pas la réponse.

– Fouillez-le, ordonna Jean-Tim.

Un policier sortit du vêtement de la fausse Angelika le scarabée volé à Alisson.

– Tu as trouvé très beau ce scarabée en pur électrum que j'avais offert à ma nièce. Mais tu aimes tellement le métal précieux que tu ne t'es même pas demandé s'il ne cachait pas un piège. Nous aussi, nous sommes des artistes, Kaligane. Nous savions que si tu enlevais Alisson comme tu l'avais annoncé à Abydos, tu ne manquerais pas de remarquer ce beau scarabée à son cou. Alors, nous avons caché à l'intérieur une petite balise émettrice, et depuis ce moment, nos amis policiers t'ont suivi à la trace sur leurs écrans de contrôle.

Kaligane émit un sifflement d'admiration :

– Bien joué, messieurs.

– As-tu quelque chose à dire avant qu'on t'emmène, Kaligane ?

– Vous avez gagné la première manche, dit-il d'une voix sombre qui ne ressemblait pas du tout à celle d'Angelika. Mais on se retrouvera, je vous le jure. Personne n'arrête Kaligane, personne ne peut se mesurer à lui, il finit toujours par triompher.

– Maintenant, dit Sophie Beaulieu, il est temps d'aller dormir. Toi, Kaligane, ce sera en prison.

21/ La lumière de Rê

Dans la felouque qui les reconduisait à leur hôtel, Jean-Tim, Sophie, Alisson et ses amis savouraient la réussite de l'opération. Kaligane et ses complices arrêtés, l'ambiance était aux bavardages et aux rires. Sur la rive qu'ils allaient rejoindre, Rê sortait du pays souterrain pour commencer sa course dans le ciel. Tout commençait à s'éclairer dans la tête d'Alisson.

Le mystère de la femme qu'elle avait cru momifiée en pleine nuit était résolu. C'était effectivement une cousine de Mostapha ; comme elle était très belle, elle avait prêté son visage pour fabriquer le masque de la prétendue princesse ougaritaine. Les amis de Jean-Tim

 l'avaient transporté jusqu'ici, ainsi que le faux sarcophage, dans une tombe sans intérêt, en faisant croire qu'il s'agissait de la vraie tombe. Kaligane avait mordu à l'hameçon.

Ensuite, on avait demandé l'aide de la police pour monter un système de surveillance efficace. Bien sûr, les policiers avaient repéré la présence répétée de mamie Angelika. Au début, ils avaient cru à une coïncidence, car les touristes fréquentent les mêmes lieux.

– Et qu'est-ce qui vous a donné l'idée qu'Angelika et Kaligane ne faisaient qu'un ? demanda Alisson à son parrain.

– Oh, c'est très bête, et tu vas rire. Un soir, avec Sophie Beaulieu, je lisais un texte d'Hérodote parlant des Égyptiens. Hérodote est un historien grec qui vivait il y a très longtemps. Il raconte un tas de fables si étranges qu'on l'appelle parfois le « menteur ».

– J'ai entendu parler de lui, se rappela Alisson. L'homme-chien m'a dit qu'il avait été initié à Abydos.

– C'est exact, dit Jean-Tim. Il raconte que les poissons du Nil ont un côté de la tête tout plat parce qu'ils se frottent toujours le même côté sur les berges du Nil. Il raconte aussi que les Égyptiens font tout à l'envers des Grecs. Les hommes restent à la maison, les femmes sortent sur la place publique. Et il ajoute cette chose comique que les femmes urinent debout alors que les hommes s'accroupissent. Nous avons bien ri, Sophie et moi. Et soudain elle m'a dit : « Un homme qui fait tout comme une femme, une femme qui fait tout comme un homme. Et si Kaligane se déguisait en femme ? Crois-tu que la police le reconnaîtrait ? » Alors, nous avons cherché les femmes qui tournaient autour de nous et bien sûr, nous avons pensé à Angelika.

– Kaligane en grand-mère ! Je n'en reviens pas, murmura Alisson. Il me surveille depuis Paris, et je n'ai rien deviné !

– Nous avons transmis nos soupçons à la police, continua Jean-Timothée, et Angelika a été mise en surveillance rapprochée. À son hôtel, les policiers ont découvert qu'elle téléphonait souvent en Écosse. Rappelle-toi qu'il est Écossais par son père. Il est possible que son quartier général soit situé là-bas.

– Nous, dit Alisson, nous avions remarqué les deux policiers qui nous suivaient, mais nous les avons pris pour des hommes de Kaligane. John les a vus discuter avec Sophie Beaulieu, et tu connais la suite : il a pensé un moment que Sophie et toi, vous étiez complices de Kaligane.

– Mais avant ça, dit John, il y a eu la salle des momies et l'homme qui m'a mis K.-O. C'est Alisson qui me l'a signalé, elle l'avait déjà vu à l'aéroport. Elle m'a dit que c'était Kaligane.

– C'est un policier, lui aussi, dit Jean-Timothée. Il s'appelle Idriss.

Idriss discutait avec Mostapha sur l'arrière de la felouque. John l'observa un instant en se touchant le

 menton d'un geste machinal, comme s'il ressentait encore la douleur de ce coup de maître. Sophie Beaulieu s'en aperçut et elle héla le policier :
— Idriss, ce serait bien de faire des excuses à John, suggéra-t-elle. Il n'a pas encore digéré son K.-O.

L'homme s'avança vers le jeune stagiaire et lui tendit la main
— Désolé, John, sourit-il. Tu allais me démasquer et je n'aurais pas pu continuer ma surveillance pour vous protéger.
— J'ai quelque chose à vous demander, dit John.
— Dis toujours.
— Voilà. Je suis le meilleur de mon collège en arts martiaux, à Londres. Mais ce coup que vous m'avez fait, je ne l'ai pas dans ma panoplie. Ce serait bien si vous me l'appreniez !
— O.-K., John. Demain, je te donnerai une petite leçon de karaté comme on nous l'enseigne à l'école de police.
— Au fait, demanda Alisson, comment se fait-il que la balise autour de mon cou n'ait pas fonctionné quand on s'est retrouvés enfermés dans la tombe ?
— Le policier chargé de te surveiller avait oublié d'emporter son écran. Je lui ai passé un de ces savons !
— Mais nous nous sommes débrouillés tout seuls, dit fièrement Viviana. John a réussi à se libérer de son sac, il m'a enlevé le mien et j'ai pu défaire ses cordes avec mes dents. Ensuite, nous avons trouvé Alisson. Léonard a

attiré l'attention du cobra en lui don-
nant du lait...
- Je suis comme ça, dit modestement
Léonard, j'aime les bêtes !
- Quant à John, continua Viviana avec un petit air
moqueur, il a fait le chef, comme d'habitude !
- Pour commander, répliqua John, tu ne t'en tires pas
trop mal non plus !

Une belle brise gonflait la voile de la felouque qui
débarqua ses passagers sur l'autre rive. En remontant à
pied jusqu'à l'hôtel qu'ils avaient quitté dans la nuit,
Alisson se sentait fatiguée et triste. Jean-Tim s'en aperçut :
- Ça n'a pas l'air de te réjouir qu'on ait arrêté Kaligane.
- Tu n'y es pas du tout, répliqua-t-elle. Je suis triste à
cause de deux choses : la première, c'est que tu ne tiens
pas tes promesses. Tu avais promis un cadeau au mariage
de mes parents, ils l'attendent toujours. Un autre pour
mon baptême, il n'est jamais venu. Et au bout de treize
ans, tu me fais croire que tu m'offres un super bijou, en
fait c'était une balise radio pour piéger Kaligane !
Aussitôt, Jean-Timothée sortit le scarabée de sa poche :
- Grossière erreur, Alisson ! Le scarabée en électrum est
un vrai cadeau. Je l'ai acheté exprès pour toi chez un artiste
réputé du Caire. Je pensais enlever la balise avant de te le
remettre, mais puisque tu y tiens, je te le donne maintenant.

 Le visage d'Alisson s'éclaira quand Jean-Tim lui passa au cou le fameux scarabée.
— Au moins, tu pourras dire à ta copine qui a tout fait et tout vu que c'est un cadeau de ton parrain égyptologue. Mais tu me reproches encore autre chose. Je peux savoir ?
— Tu m'as fait rêver avec Bat-Yarik, la princesse ougaritaine. Et c'était du bluff, du vent, rien que du vent ! La tombe n'existe pas, le sarcophage est un faux, et le masque-plastron est celui de la cousine de Mostapha ! Je m'en étais fait une amie, moi, de Bat-Yarik ! Dans mes rêves, elle était même devenue ma sœur, celle que je n'ai jamais eue, moi qui suis une fille unique.
— Erreur encore, Alisson. Je sais où se trouve la vraie tombe de Bat-Yarik. Et si je t'ai demandé de rester après le stage, c'est pour t'initier aux techniques des archéologues et pour commencer à réfléchir à la façon dont nous monterons notre expédition. Mais je dois te prévenir que ce sera long et difficile, tu comprendras pourquoi. Nous devrons camper en plein désert, marcher sous le soleil, affronter sans doute de gros dangers. Tu n'es pas obligée de venir, Alisson. Peut-être ferais-tu mieux de rentrer en France à la fin du stage.

Alisson bourra Jean-Tim de coups de poing :
— Propose encore une chose comme celle-là, et je te fais le coup d'Idriss mettant John K.-O.

Jean-Timothée se fendit d'un grand sourire :
— Je disais ça pour t'embêter, Alisson. Tu as pris le virus

de l'archéologie, et il ne te quittera pas de sitôt. Je suis fier de toi, tu sais.

Arrivée à l'hôtel, Alisson rejoignit sa chambre et s'endormit comme une souche. Elle rêva d'un homme-chien qu'elle tenait par la laisse. Elle rêva du docteur Bertrand à qui elle devait envoyer une carte postale. Elle rêva aussi de Lucas et de sa meilleure ennemie, Melissa qui la poursuivait dans les couloirs du collège en disant : « Raconte encore, Alisson. Les croisières avec mon père, c'est tellement ennuyant ! » Elle vit aussi la princesse ougaritaine approcher de son lit et la secouer doucement par l'épaule :

– Réveille-toi, Alisson. Si tu continues à dormir, tu ne trouveras jamais ma tombe. Moi, je dors depuis 2 300 ans. Tu ne trouves pas que cela fait beaucoup, tous ces siècles à t'attendre ? J'ai tellement de choses à te raconter. Dépêche-toi, Alisson ! Viens.

TABLE

1/	Une lettre d'Égypte	7
2/	La meilleure ennemie d'Alisson	15
3/	Le grand départ	21
4/	Une nuit très agitée	33
5/	Premier jour de stage	41
6/	L'atelier des trafiquants	55
7/	Une drôle de surprise	65
8/	La salle des momies	77
9/	Danger aux pyramides	89
10/	Merci, Angelika!	97
11/	Seth et Osiris	109
12/	L'homme-chien	115
13/	L'énigme	121
14/	Le domaine du dieu Amon	135
15/	Le piège se referme	143
16/	Dans les griffes d'Anubis	155
17/	Le cobra	163
18/	« Si tu veux trouver l'air... »	171
19/	Le secret trahi	177
20/	L'embuscade	185
21/	La lumière de Rê	193

Transcription en hiéroglyphes de l'alphabet français

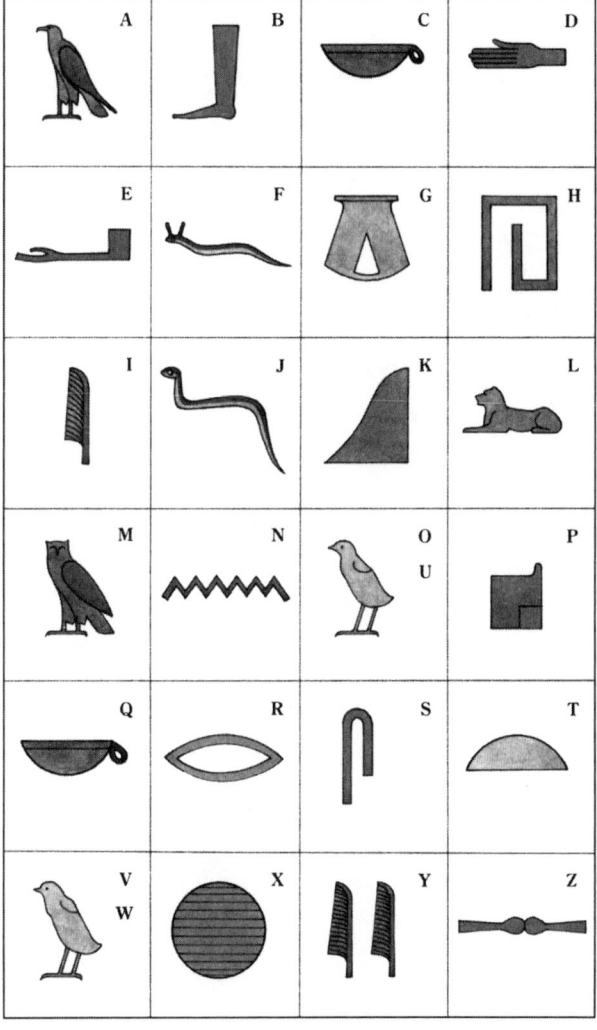

L'auteur

Né en 1941, **Pierre-Marie Beaude** a passé sa jeunesse à Cherbourg puis a suivi des études supérieures en France et en Italie. Spécialiste du judaïsme ancien et des origines du christianisme, il enseigne à l'université de Metz et au Canada. Il connaît le grec, le latin, l'hébreu, l'araméen et pratique l'allemand, l'anglais et l'italien. Ses études l'ont conduit dans les pays du Proche-Orient, mais il a aussi voyagé en Afrique noire, au Maghreb, dans le Sahara, et se plaît particulièrement parmi les ours et les loups du Canada sauvage. Ses romans reflètent sa passion pour les grands espaces et sa connaissance des cultures anciennes. Les héros qu'il fait vivre sont souvent des nomades qui cherchent la juste façon d'habiter le monde.

L'illustrateur

Thomas Ehretsmann est né en 1974, à Mulhouse. Après l'École supérieure des arts décoratifs de Strasbourg, il réalise un vieux rêve d'enfant en co-signant une bande dessinée, *Station Debout* (éditions Delcourt).
Puis il imagine de nombreuses illustrations pour la presse (*Elle*) et pour l'édition jeunesse. Et c'est toujours avec la même passion qu'il remplit des carnets de dessin, s'essayant sans cesse à des styles nouveaux.

Du même auteur

Romans jeunesse

LEÏLA, LES JOURS, *Gallimard Jeunesse / Scripto*
JEREMY CHEVAL, *Gallimard Jeunesse / Hors-piste*
LA MAISON DES LOINTAINS, *Gallimard Jeunesse / Scripto*
CŒUR DE LOUVE, *Gallimard Jeunesse / Folio Junior*
OCRE, *Gallimard Jeunesse / Folio Junior*
(avec *La statuette de jade*, de J.-P. Arrou-Vignod)
ISSA, ENFANT DES SABLES, *Gallimard Jeunesse / Folio Junior*
(Grand Prix 1996 du comité français pour l'UNICEF)
LE MUET DU ROI SALOMON, *Gallimard Jeunesse / Page Blanche*
LE SIGNE DE L'ALBATROS, *Flammarion / Castor Poche*
FLORA, L'INCONNUE DE L'ESPACE, *Flammarion / Castor Poche*

Albums

FLEUR DES NEIGES, *Gallimard Jeunesse*
LE LIVRE DE MOÏSE, illustré par G. Lemoine, *Centurion*
LE LIVRE DE JONAS, illustré par G. Lemoine, *Centurion*
(Grand prix des Treize 1990)
LE LIVRE DE LA CRÉATION, illustré par Georges Lemoine, *Centurion*
(Grand prix graphique 1988 de la foire internationale de Bologne)

Romans et récits

SIMPLES PORTRAITS AU FIL DU TEMPS, *Desclée de Brouwer*
MARIE, LA PASSANTE, *Desclée de Brouwer*
LE VEILLEUR DE CIBRIS, *Desclée de Brouwer*

Essais

LA PASSION DES PREMIERS CHRÉTIENS, *Gallimard / Texto*
PREMIERS CHRÉTIENS, PREMIERS MARTYRS,
Gallimard / Découvertes

Imprimé en Italie
par LegoPrint

Correction et PAO : Belle Page

Dépôt légal : avril 2006
N° d'édition : 143096
ISBN : 2-07-057665-5
Loi n° 49-956 du 16 juillet 1949
sur les publications destinées à la jeunesse